ピンクのキャップは
love color
詩：稲井 愛
ロゼッタストーン

はじめに

この本を手にして下さって誠にありがとうございます。

これは私の初めての詩集です。

飾らないストレートな気持ちを自分なりの表現で書いたり、想像の中で想いを気ままに巡らせた少しロマンチックな詩もあったり…。

今回タイトルになった「ピンクのキャップは love color」は、夫が私に買ってきてくれたピンクの帽子のお土産がきっかけで生まれた詩です。私がもし旅先で現地にいたら、こんな風だっただろうなぁという、私の感情を反映させたような作品です。

今まで歩んできた道で、いろんな出会いがありました。私は、“出会い”に恵まれていることをつくづく感じています。これまで親切にしてくれた人たち、分かり合えた人たち、支えてくれた人たちへの感謝の想いも込めました。

一番多いのは、愛する家族への想いを描いた詩です。読み返すたびに、今も何一つ変わらない想いだと、何度も何度も気づかせてくれます。

たっぷりと「愛」を詰め込んだ詩集を楽しんでいただけたら、幸いです。

稲井　愛

目　次

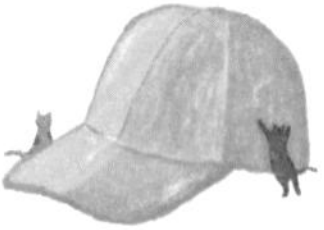

第1章　縁

第2章　季節

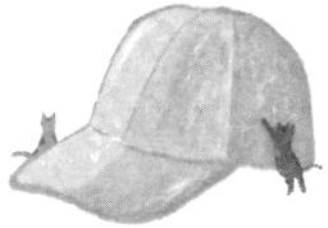

第3章　日常

第4章　人生

目　次

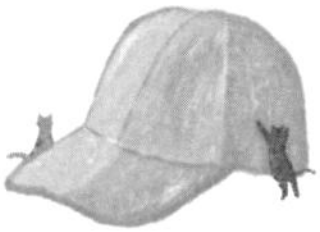

第５章　愛

第6章　未来

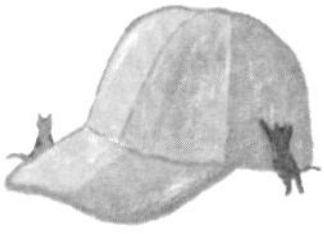

第1章

〜縁〜

旅人

この時代に生まれ

出逢えた人達は

あなたが出逢うべき人で

こうして旅に出て

人はみな歩き出すんだろう

明日を見つけるために

新しい何かを見つけるために

今日もまた歩き続けるだろう

ありがとう

温かさに触れて

本当の優しさを知るよ

あなたが伝えてくれた温もり

ずっと持ち続けながら

今日という日を歩いてゆくよ

温かさに包まれて

本当の優しさを知るよ

あなたが教えてくれた温もり

ずっと持ち続けながら

今日という日を歩いてゆくよ

素直にありがとうって

言えたら素敵ね

本当にありがとう

あなたと出逢えた事にありがとう…

そう思うよ

あなたに出会ったのは
ただの偶然ではなくて
必然だったんじゃないかなって思うよ

今この道を歩いているのも
あなたと出会うため
だったんじゃないかなって思うよ

同じ時期
同じ場所にいて
あなたと過ごす時間は
私が探していた時間で
あなたが見つけていた時間
じゃないかなって思うよ

きっとそんな気がするよ
そう思うよ

いつもありがとう

いつも気にかけてくれたり

心配してくれる

あなたは優しい人ね

いつも気づいているよ

あなたの優しさに

なのに私は

ありがとうって忘れるときがある

いつもありがとう

ありきたりだけど

いつもありがとう

これからも宜しくね

いつも気にかけてくれたり

心配してくれる

あなたは優しい人ね

時は経っても

離れた場所にいても
同じ空の下
時は経っても変わらない

会えばまたあの頃のように
色んな事を語って
楽しい時間を過ごした

会えて良かったね
また会いたいね

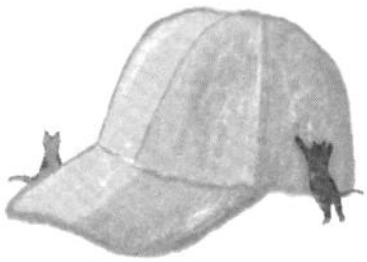

離れていても同じ空の下
時は経ってもあの頃のまま

元気でいてね
また会いたいね
時は経っても変わらない

出逢いと別れ

出逢いは

期待への始まりで

別れは

何度繰り返しても

免疫がつかないもの

大切な思い出

あなたと出会い過ごした
日々は今もずっと
私の胸の中

久しぶりに電話で
語り合ったね
嬉しかったよ
私達は同じ思い出を
持っている

この先何年経っても

同じ思い出を

持って歩いていこう

あなたと過ごした

日々は今もずっと

大切な思い出だよ

変わらず

私の大切な思い出だよ

一つの奇跡

こうして出会ったことが奇跡
気づかずに過ごしているけど
本当はすごい事なのかも
しれないね

目的に向かう方向は
人それぞれ違うのに
同じ場所に来たのは
一つの奇跡だね

こうして出会ったことが奇跡
気づかずに過ごしている時間も
本当はすごい事なんだと思った

同じ場所に来たのは
一つの奇跡だとそう思ったよ

ずっと友達でいようね

近くにいてお互いに
言葉を掛け合って色んな事に
向き合えたら理想だけど

あなたと出会ったことを
感謝している　ありがとう

これからもあなたの頑張りが
私の励みになって
背中を押してくれる

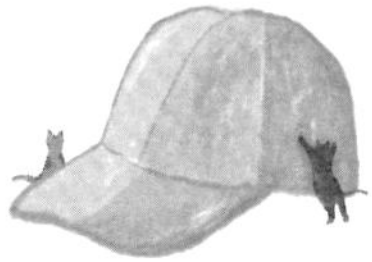

あなたと出会ったことを
大切にしたい　ありがとう

ずっと友達でいようね
離れていても
ずっと友達でいようね

時　代

変わっていくもの

変わっていかないもの

どちらも多く存在していて

新しい思い出が次から次へと

生まれてゆく

消えていかないものの一つ

それは心に寄り添う

過ごした時間

ありがとうその時にいて

寄り添ったものすべて

ありがとうその時にいて

寄り添ってくれたものすべて

ありがとう

第２章

～季節～

Spring

春がやっと近づいてきたね
今までで一番待ち望んだ
春かもしれない

思いを口にするのは
難しい時もあるけど
こんな風に文字で思いを
表現することは
そんなに難しくなかった

見つけて気づいたこの大地の上で
今できることをやっていきたい
自分を信じることできるから
明日を夢見ることができるよ

春がそこまできたよ
輝く春が私を映し出す

輝いていたいな

今年も美しく咲いたよ
裏切ることなく
姿を見せてくれた桜
そしてここで
生まれたことを感謝し
あなたを思い涙があふれた

振り返れば
何もしてあげられなかったね
あなたを思うとそう感じて
また涙があふれ出す

あなたのいる場所は

どんな景色かな

明るく輝いているかな

私のいる場所は輝いて見えるかな

想像以外に何も分からないけど

今の自分がそのまま

あなたに映るなら

少しでも輝いていたいな

あなたに見守られながら

そうありたいな

今年の桜　2020年春

風に吹かれ散る桜

まるで真冬に降り注ぐ雪のよう

暖かくもどこか

寒く震えた時を思い出すよ

ひらひら舞い落ちる花びらに

眺めゆくこの日々に

私は何を想うかな

この今をあなたは何と呼ぶだろう

私のそばにいてくれて

さっきまで暑かったのに
海から涼しい風が吹いて
季節の終わりを肌で
感じているよ

その時々の風は
色んな思いが一緒になって
私を優しくしてくれたりする

今私はこの場所にいて

あなたのそばにいて

同じ時間《とき》を刻んでいるよ

いつもありがとう

私のそばにいること

ありがとう

私のそばにいてくれて

夏の終わり

夏が終わろうとしているね
その度に今年も振り返っては
長くて短く思うんだ

熱い日差しの時には
陰を探してそこで休めば良い

雨が降れば止むまで待ち続け
あがったらまた立ち上がれば良い

朝が来れば明るい

日差しが窓を差して

夜になれば疲れた体を労って

また明日を迎えよう

秋が近づいてきたね

この季節もまた

新しい思い出に出会えるんだ

新しい思い出と出会うんだ

感謝しよう

空のせいかな
風のせいかな
それとも自分の中にある
スイッチかな

振り返れば色んなことが
待ち遠しかったり
あっという間だったり
時の流れは自然の流れ
今年もまた秋の気配を感じながら
巡る季節に思いを寄せて

葉を揺らす風に押され
時の流れは早いけど
こうしていつも
あなたの傍にいられる
この日々に感謝したいね
あなたの傍にいられる
この日々に感謝しよう
この日々に感謝しよう

SEASONS（秋～冬）

秋めいた風が落ち葉を走らせ
夕暮れ肌寒い私たちと
追いかけっこした
何も語らない枯れ葉だけど
アスファルトの上
カサカサ走る音で
今年もまた
この季節が来たんだと
気付かせてくれた

少し恋しくなるような秋
これからの寒さに耐えるよう
君と寄り添いながら
そして冬が訪れると
君ともっともっと寄り添いながら
暖め合って愛を深めよう
降り積もる雪の深さに
負けないよう暖め合って
愛を深めよう
暖め合って愛を深めよう

最初の雪

今優しく降り始めた最初の雪
雨が雪へと変わるのを
この目で見たよ
そして恋が愛へと
変わっていくのをこの胸で感じた

今強く吹雪きだした
まるであなたの代わりに
想いを伝えているわ

積もってゆくその前に
募った想い聴かせて
溶けないうちに

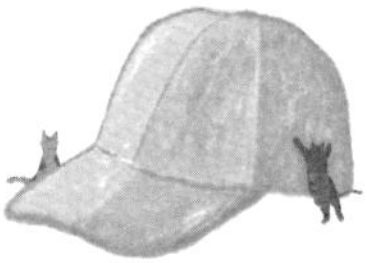

募った想い聴かせて
今は溶けていかないから

雨が雪へと変わるのを
この目で見たように
恋が愛へと変わっていくのを
この胸で確かに感じたよ

あなたの想い聴かせて
降り積もった雪は
まだ溶けたりしないから

まさに恋した瞬間

見慣れた空から雪が降ってきた
舞い降りた雪は途中で交わって
繋がったりもするかな

出会ったね　まさに恋した瞬間
今恋に落ちてゆく

こんなにたくさんの中から
君を探し選んだよ

大好きだよ　君のこと

大好きだよ　あなたのこと

待ちわびていたんだ

出会ったね　まさに恋した瞬間

恋に落ちたよ

まさに恋した瞬間

君とぼくの恋した瞬間

雪景色

寒くて外は真っ白で
舞う雪見ていた
どこか足早で次から次へと
降り注ぐ
どんな想いかな
何を伝えたくて
その気持ち知りたくて
確かなことそれは揺るぎない
変わらない想い
いつもここにあること
ねぇそうでしょう

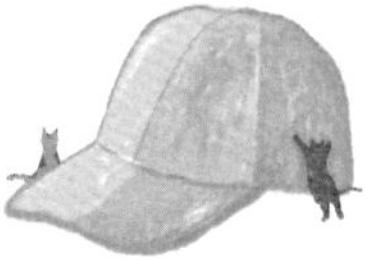

積もる景色は見慣れないけど
降る時は降るんだね
この寒さが教えてくれたよ
次から次へと降り注ぐ
どんな想いで何を伝えたくて
だけど確かなこと
それは揺るぎない変わらない想い

四季～あなたと一緒に～

陽気に包まれた春の日
桜がきらめき輝きだす
そんな季節もあなたと一緒に
あなたと春を感じていたい

太陽が照り付ける夏の日
海の香り潮を浴びながら
そんな季節もあなたと一緒に
あなたと夏を感じていたい

葉が紅く色づき始めた秋の日
肌寒い風をなびかせて
そんな季節もあなたと一緒に
あなたと秋を感じていたい

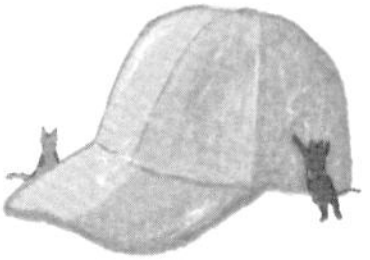

白く舞う雪凍える冬の日
震える身体を抱きしめ合って
そんな季節もあなたと一緒に
あなたと冬を感じていたい

いつの日も同じ景色を
見つめていたい
あなたと同じ景色を
感じていたい

空と私

この頃の天気と言えば

晴れたり曇ったり

雨はしばらくなかったよ

暑い夏の日には

焼けつく思いが姿を見せる

冬の寒い日には

温かな温もりが欲しい

恋しいものはいつも近いのに遠い

太陽が眩しくて目を細めた

だけど陽射しが欲しくて

待ち望んだ春もある

無いものを求めては欲しがる

きっとそんなものでしょう

明日は晴れるかな

晴れてくれるといいな

第3章

〜日常〜

ふるさと

私は日本に生まれて

日本語を覚えた

私はこの国に生まれて

この国の言葉を覚えた

まだまだ完璧ではないけれど

この日本に生まれて

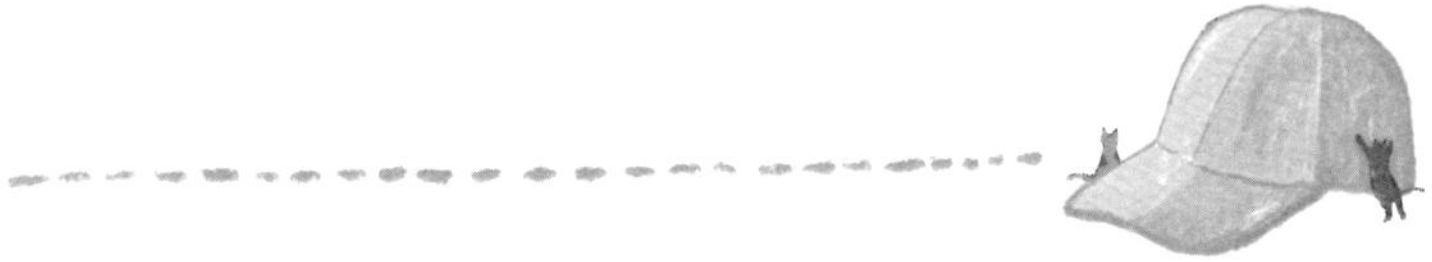

日本語を話すことが

とても嬉しいよ

この国に生まれて

日本語を話している

とても嬉しいよ

見上げた空

何気ない時に見上げる空景色
私はとても好きだよ

雲はどんな形の時も
心に触れて何か言おうとしている

月はどんな形の時も
スポットライト照らしてくれる

星はどんな形の時も

優しく光放ち演出している

ほら、今日もまた…

理想を求めて

何気ないあなたの言葉に傷つき

その度に自分の愚かさに気づき

イヤになる事があるよ

理想を追い求めても

意思がなければ意味がない

見つけ出そうと

追い求めては遠ざかり

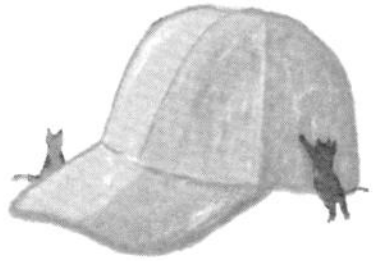

一体私はどこへ

向かいたいのだろう

何気ないあなたの言葉に傷つき

その度に描く憧れは

一体どんなものだろう

見つけ出しては追い求めて

そんな今日が過ぎてゆく

きっと何かが

見渡すものに目を向けてみれば
心を近づけたら今まで
見えなかったものが見えてくる

戸惑いも少しの勇気で
こんなにもたくさんの
優しさが隠れていた

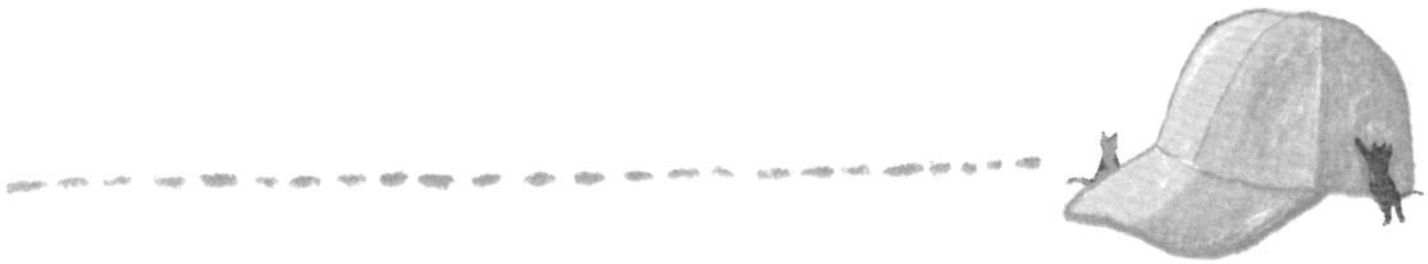

何が良くて何が良くないのか
すぐに答えが見つからない時も
あるかもしれない

だけどそれを考える事で
何かがきっと見えてくるだろう
きっと何かが見えてくるだろう
だからこの先も私は探し続けたい

影

冷たい風
陽の差し込みは弱いけど
それでも陽があたれば暖かいね

影が今の私を映し出す

座れば座って立てば立つ
前を行ったり
後ろを歩いたりはしない
今の自分が映っている

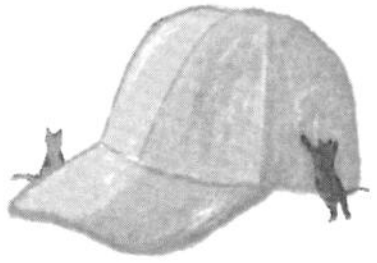

歩けば歩いて
立ち止まれば立ち止まる
そのままの自分が映っている

風は冷たいけど
優しい陽ざしが影になり
私を映しているよ
ありのままの姿を

ありのままの私で良いよね

あなたの望むものを
私が持っているなら
今のままの
ありのままの私でいて良いかな

欠片を集めて
直したオモチャも
元通りになったその姿は美しい
直せる部分もある
直らない部分もあるとしたら
それは何が足りないのだろう

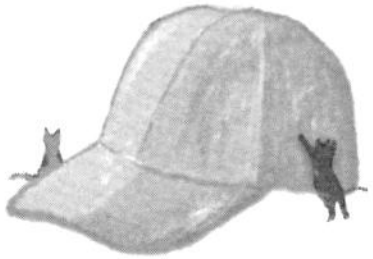

美しくなんて望んでいない
ただ直せる部分があるなら
その理想に持っていくだけ
たとえ遠くても持っていくよ

あなたの望むものを
私が持っているなら
今のままの
ありのままの私でいて良いよね

今のままの
ありのままの私で良いよね

星

月が照らす向こう側に
きれいな星が見えた

夜空に輝く星は
いつの日も優しくて
語りかけると何でも
聞いてくれそうな気がした

夜空に輝く星は
いつの日も優しくて

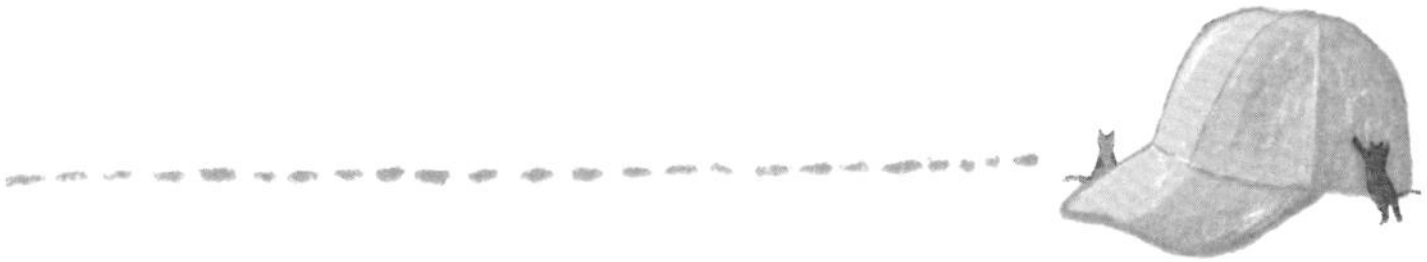

語りかけると何でも
分かってくれそうな気がした

空を見上げれば
美しく輝く星

私の思い届くかな
この思い届くかな

風に吹かれて

車を走らせながら聴いた
ラブソングやけに心に沁みた
風に吹かれる枯れ葉は
軽やかに足並みをそろえていた

流れる月日は止まらず進み
流れる時間は限りなく動いている

車を走らせながら聴いた
ラブソング心にそっと響いた

風に吹かれた枯れ葉は
どこまで走って行くのだろう
そしてどこまで行けば
辿りついたと言えるだろう

車から降りた私は
今から歩き出す

四つ葉のクローバー

ねぇ描いてみて
ハートを４つ描いてみて
下の部分を真ん中に寄せ合うと
四つ葉のクローバーができるよね
ハートが集まれば
中に幸せが集まるってことかな

誰もが一度は探した
四つ葉のクローバー
ずっと探したけど
見つからない時もあったよ

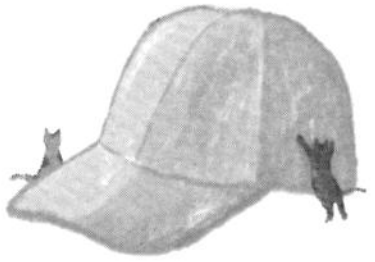

だけどきっと見つかるはず
ハートを寄せ合うと
クローバーができるように
きっと見つかる
すぐそばにある

私たちのハートも
寄せ合えばそこには
幸せがあるってことかな

BEST SONG

強く降り注ぐ雨の中

車を走らせながら

かすかに聴こえる melody

何年経っても色褪せることなく

私の心に響き渡る best song

優しくて…とても優しい

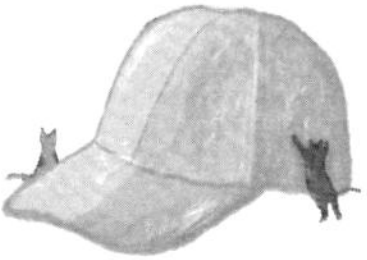

何年経っても忘れることなく

私の心に居続ける best song

優しくて…とても優しい

何年経ってもそばにある

私の心に伝わる best song

とても優しくて…

頑張ろうの言葉で

あなたのさりげない
『頑張ろう』の言葉で頑張れたよ
こんなにも力になるんだね

弱さから生まれる強さ
強さの中に弱さを
隠している少しだけ

あなたのさりげない
『頑張ろう』の言葉が響いたよ

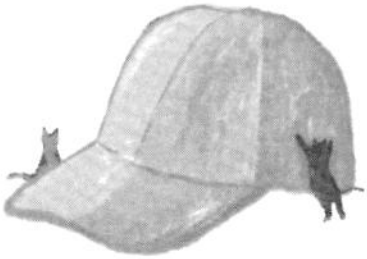

弱さから生まれる強さ
明日へと繋げよう
もっともっと羽ばたけるはず
きっとそうなんだ
もっともっと羽ばたけるはず
自信に変えてゆけるから

何だろう

その場しのぎの

会話ばかり増えてゆく

何を大事にして

何を必要としないのか

その区別も曖昧になっている

自分を守ろうとするのは

自然と身についた防御反応かな

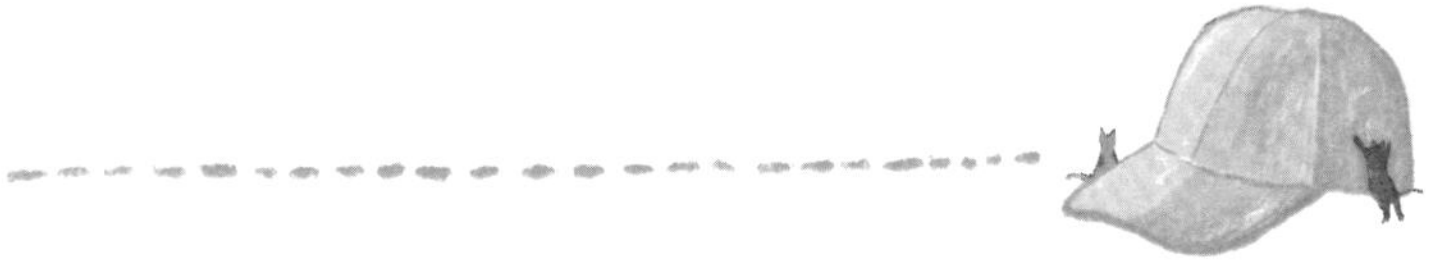

何を大事にして

何を必要としないのか

そして必要としなくなったのは

何を大事にして

何を必要としないのか

必要としなくなったのは

いったい何だろう

第4章

〜人生〜

魅　力

人は皆それぞれ魅力を

持っているね

それを発揮するとかしないとかは

あまりこだわる必要ないかな

何処にも同じ人なんていないから

違っていて当然だよね

周りが同じ人ばかりだと

刺激がなくつまらないだろう

人は皆、必ず魅力あるもの

持ってない人なんて

何処にもいないから

やる気持てば

今までできなかった事が

できるようになった

何でもやる気持てば

目指す所に近づくんだね

誰にだってそう言えるよ

その意志さえあれば

必ず目指す所に近づく事ができる

そして成功が実ったとき

感動という充実が自分の糧になる

必ず自分の糧になるんだね

人　生

人はつまずきながら

立ち止まりながら

それでも前に進みながら

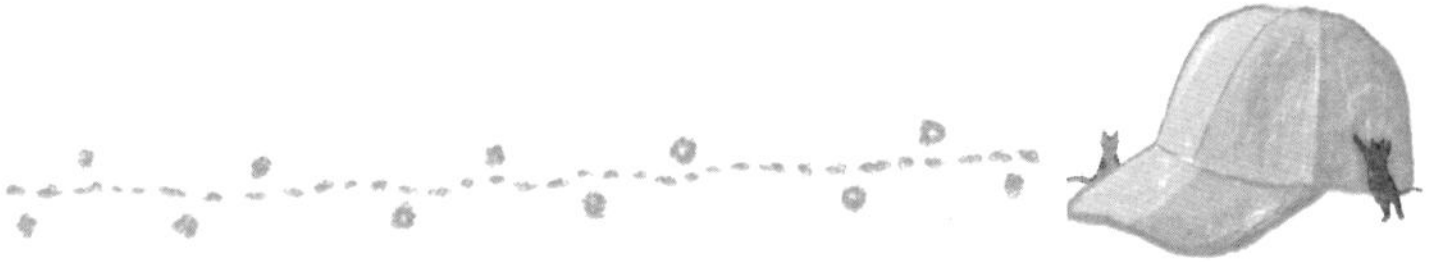

先を見ながら

愛を探し求め続けながら

生きている

過去・今・未来

大切なのは今をどう生きるかで

今まで歩んできた道のりは

決して無駄ではなかった

確実に昔よりも

強くなっている心がある

時を戻す魔法なんてないから

今に勝る事はないと思うの

大切なのは今をどう生きるかで

明日に繋がる未来へ

導いていくだろう

ものさし

気持ちの持ち方や見かた

考え方　価値観は

人それぞれ違うけど

どんな時も自分の中に

基準があってどんな時も

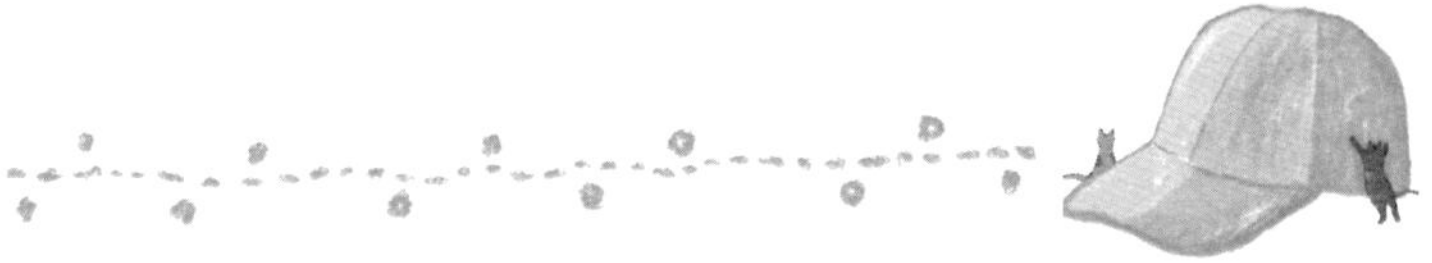

その基準で見ていて

出会った景色や場面などを

自分なりのものさしで

感じ取っているだろう

欲しいもの＆要らないもの

要らないものを
いつまで持ち続けて
欲しいものをどれぐらいかけて
手に入れてきた

要らないものを
手放すことも忘れて
欲しいものをあきらめず
願いかけていた

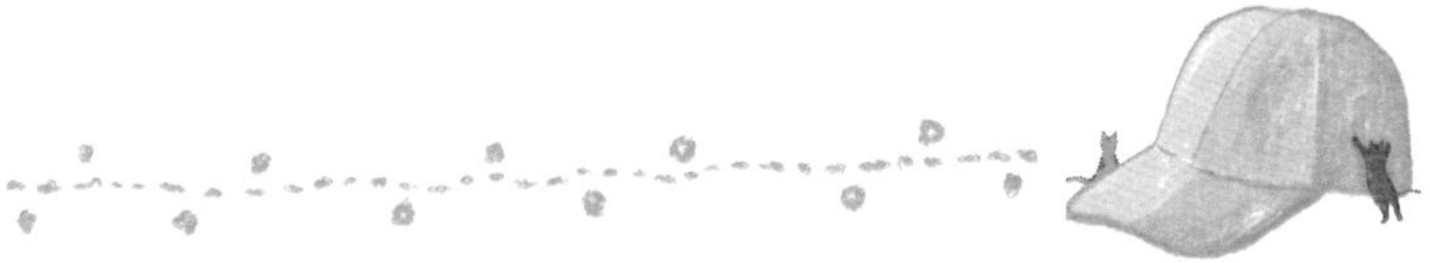

いつだって溢れるこの今に
明日もまた空が晴れるように
私は今日を生きている
この今を生きているよ

要らないものを
いつまで持ち続けて
欲しいものをどれぐらいかけて
手に入れてきた

プラスになる

失ったものは

マイナスに思うけど

見方を変えれば

プラスにもなる

それに気付いたとき

きっとよい方向に

向かっているだろう

今を歩いているから

時間とともに

薄れていく記憶を

ふと思い出すことがある

それは今を見つめて

今を歩いているから

理想と現実

理想と現実はそもそも
かけ離れているもので
願う理想が今の自分に
遠いと感じたよ

届く人がいて
届かない人がいる
それはなぜだろう

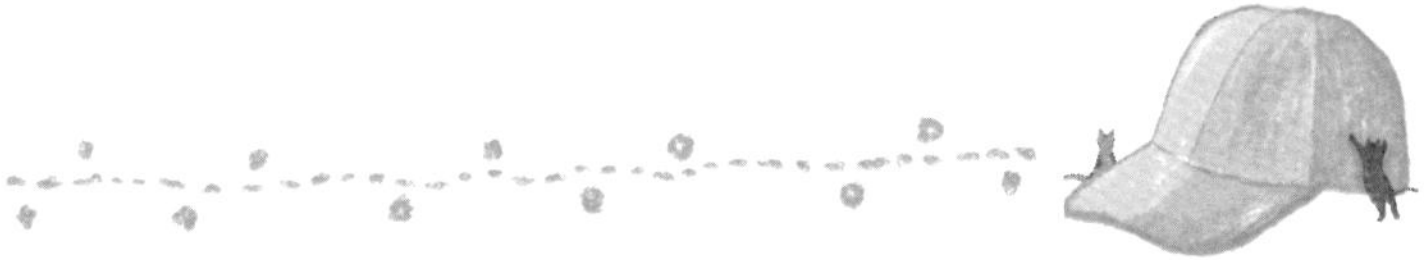

目の前にある理想を

集めて形にできたら良いね

だけど簡単には上手くいかない

だから理想に価値があるのだろう

今日も願う人がいて

手につかむ人がいる

それこそが現実なんだろう

ポジティブな気持ち

ポジティブになるとそれだけで
上手く進んでいるような気がした
大事だね　その気持ち

ネガティブになっていた時は
色んなことが上手くいかず
空回りしていた

広く広がって見えるものは
気持ちの持ち方次第で

自分で変えていける

ポジティブになることで
それだけで上手く
歩けるような気がした
上手く歩けるよ
大事だね　その気持ち
大事だね　その気持ち

目指す方向へ

羽根を折り畳んだまま

伸ばせなかった

いつものように同じ場所に

姿を見せてはさまよっていた

物足りない毎日に

いくら見渡しても

今ここで動かないと意味がない

進まない始まらない

私のあるべき姿を

持たなきゃつまらないね

そうまっすぐに進んで行くのさ

それが私のあるべき姿

まっすぐに進んで行くのさ

素直にそう思うんだよ

今を楽しまなきゃって思った

そうして歩いていくことが

前向きな自分だと思うから

見えないものを見てきたこと

探していたものを見つけたこと

すべて歩きながら…

自分らしく生きてゆく

時に迷うことがあっても

素直にそう思うんだよ

今を楽しまなきゃって思った

そうして歩いていくことで

前向きな自分でいられる

素直にそう思うんだよ

夢

夢を追い続けた

描いて描き続けたよ

そこで見えたもの

進んでゆく限り見えた

そばまで来たね

やっと来たね

早いようで長かった明日は

いつの間にか昨日になっている

速度は一定なはずなのに
人によって感じ方が
違うのはなぜ？

夢を追い続けた
描いて描き続けたよ
そばまで来たね
やっと来たね
新しい始まりが来た

心の余裕

同じことをしても

笑って許すことが

できる時とそうでない時

心の余裕は

どこから来ていてくれて

そしてどこへ逃げていなくなる？

今日は笑って許すことができた

明日ももし同じ場面があっても

笑って過ごそう

ずっといて逃げずにここにいて

心の余裕よ　ここにいて

笑って過ごすこの日々よ

戦いは

誰のために何のために
戦っているの
無理をして手に入れることが
すべてかな

ゴールがないのが
安定だとは思わない
またスタートライン
立てることも知っている

戦いはいつまで続いていくの

まだまだ歩き続けるの

いつだって良いよ

再び歩き出すことできるから

誰のために

何のために今を見つめてる？

第５章

～愛～

今のあなたの姿

あなたのひたむきな姿勢は

驚くほど一歩一歩こなしていくね

私にはとてもじゃないけど

難しく真似できない

やりたいこと見つけたら

努力おしまず未来へと進む姿は

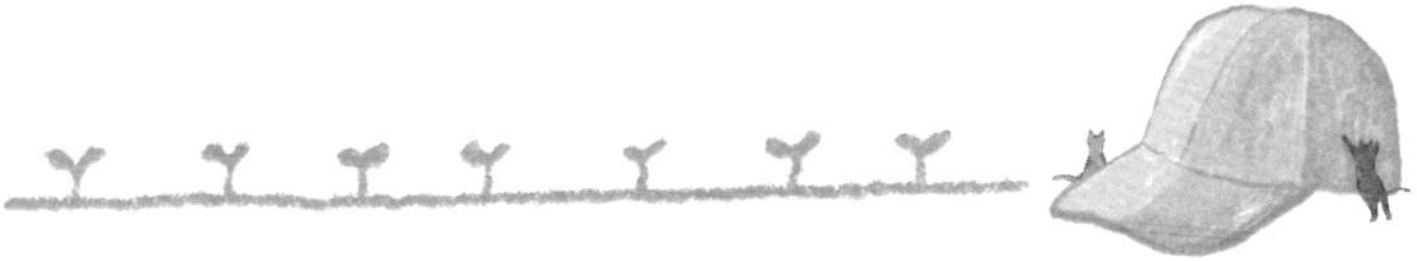

着実に手に入れようとしている

そんなあなたを私は

何の支えにもなれないけど

いつも隣で見守っているよ

そう　輝き眩しいと感じながらね

差し伸べたその手

こんなある日の昼下がり

日差しは穏やかに照りつけていて

温かく包まれていた

こんな平凡な感じも

悪くないって思えた

二人が笑顔でいられたら

二人が笑顔でいられたら

すべてはそこから始まるから

見つめたその先に

何があったとしても

今日も手を伸ばし

繋ぎ合った二人の手は

強く結ばれている

ほら手を差し伸べて

いつも強く結ばれているよ

ほら手を差し伸べて

ピンクのキャップは love color

私に似合うイメージ描いて

選んだあなたは dreamy

Las Vegas 満喫

But, lonely love…

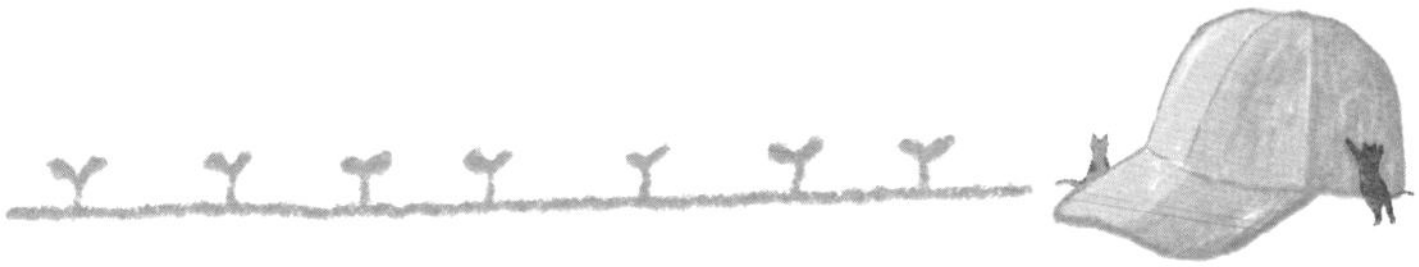

愛しの私想いながら

enjoy 気分止まらない

ピンクのキャップは love color

ピンクのキャップは love color

LOVE

LOVE それは
生まれた時から持っているもの

LOVE それは
ずっとかけがえのないもの

LOVE それは
優しさに包まれているもの

LOVE それは
小さくても計ることできない
大きなもの

LOVE それは
明日へと繋がる未来あるもの

LOVE それは
心が温かくなるもの

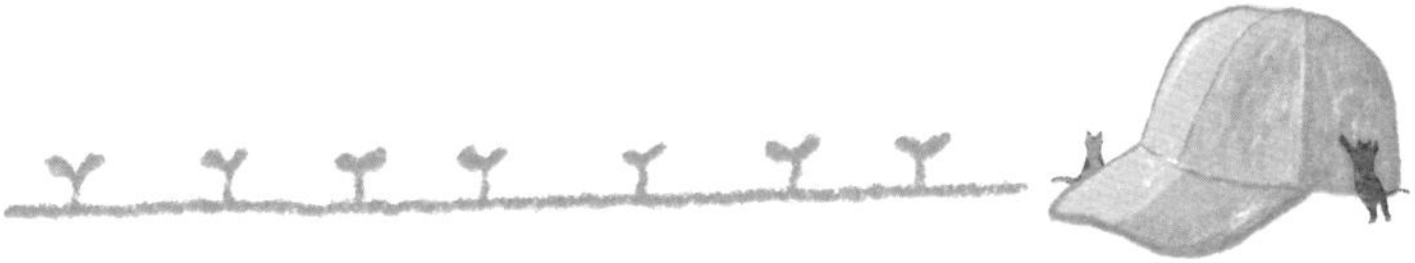

LOVE それは
地球上にある無限なもの

LOVE それは
日々喜びを感じるもの

LOVE それは
大きな支えになるもの

LOVE それは
全てに意味あるもの

LOVE　LOVE　LOVE

この LOVE 世界中へと
届きます様に

この LOVE 世界中へと
届きます様に

笑い声

ありきたりな表現でも良い

この思いあなたに伝わるなら

同じ歩幅で歩く私達は

希望という明日を描きながら

共に歩いている

部屋中に笑い声が響き渡るような

そんな感じが好きで

一緒に夢中で笑った

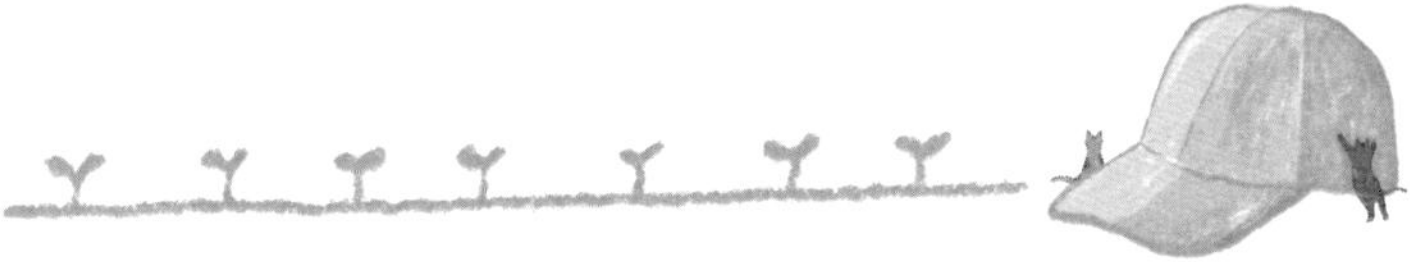

離れている時間も

あなたが何処かで誰かと

夢中で笑っていたらきっと私は

そんな感じが好きだろう

そんなあなたが好きだろう

部屋中に笑い声が響き渡るほど

一緒に夢中で笑った

あなたがいるだけで

どんな時も私を

見ていてくれるのはあなた

私が引き寄せるのもあなた

落ち込んだ時に和らげてくれる

気づく度 一番に思う

たとえ迷い立ち止まったとしても

あなたがいるだけで

私は強くなれるよ

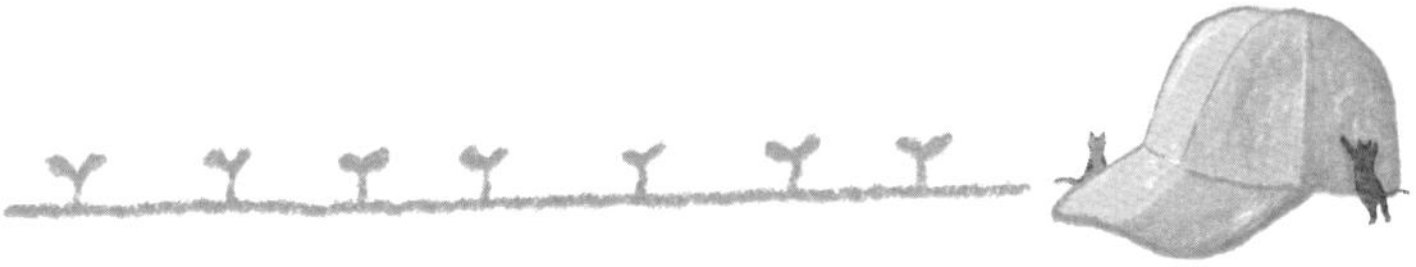

あなたがいるだけで

前を向いて歩けるよ

あなたがいるだけで

こんなにも自分でいられる

ここにあなたがいるだけで…

私たちの時間

時間は止まったまま
だけど動いている
私の心が進まなくて
動けなかった

思いを全て伝えるのは
簡単なのに
あなたの心に伝えるのは
簡単なのに

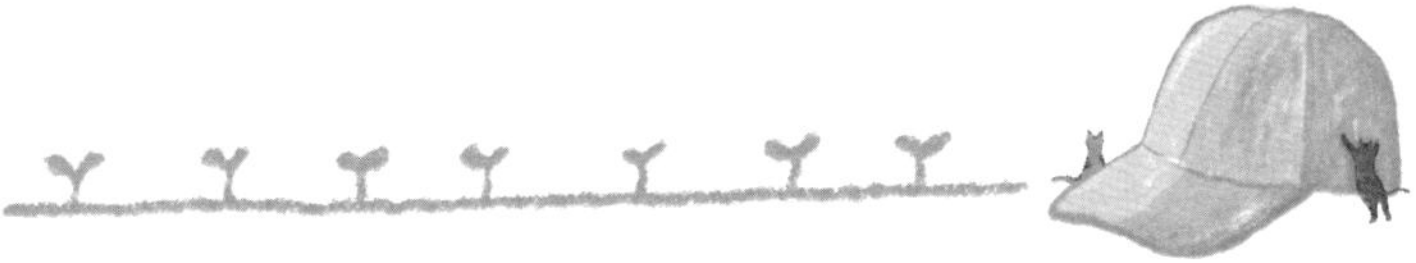

見えない思いの時間が

ただ過ぎていったね

だけど気づいてあげること

いつも信じているから

進むことができて

ほらまた私たちの時間が

動き出したね

私たちの時間が動き出した

愛するために

思うように気持ちを
変えられなくて
あなたを困らせた時があった
それでもあなたは
変わらずいてくれたね

そして思うんだよ
あなたに出会うために
生まれてきて

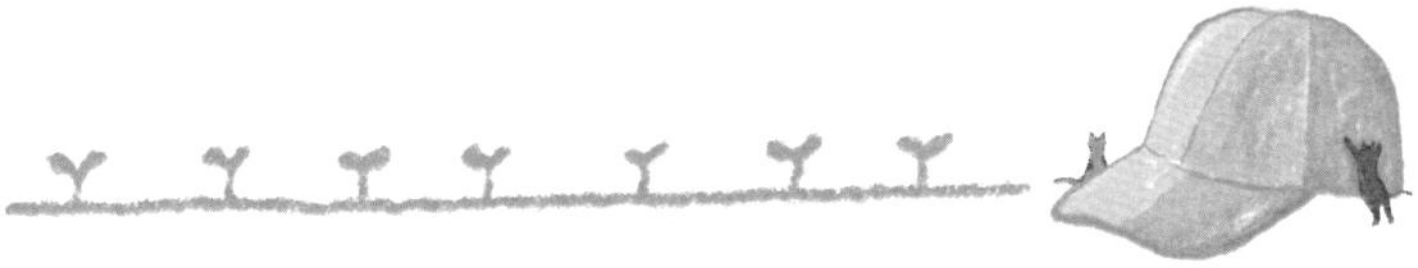

あなたを愛するために

生きていることを

だからこれから先も

私の愛は永遠にあなたへ

あなたに出会うために

生まれてきて

あなたを愛するために

生きている

大切なもの

優しさは愛で繋がっていて
愛は優しさで繋がっている
全てはそこから大切なもの
そうだよね

昨日くれたあなたの愛は
今日の私が歩いていく温もり
あなたの手を握り
あなたの胸に伝えるよ

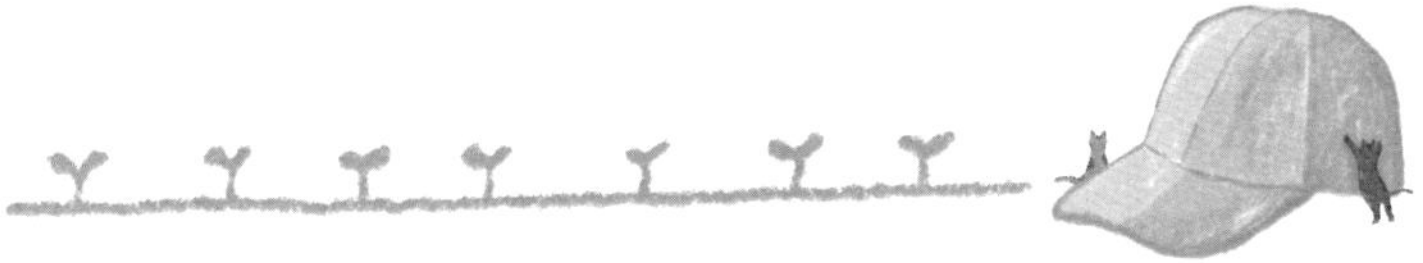

優しさは愛で繋がっていて
愛は優しさで繋がっている
全てはそこから始まる
大切なものだよ

そしてあなたの胸に響かせるよ
私の胸に響かせて
あなたの心に響かせるよ
私の心に響かせていて
大切なものを…

時は魔法

あなたが微笑んだ瞬間
私の心がさまよう
この胸に止まった笑顔
忘れられずにいるよ

時は魔法
時はいたずら

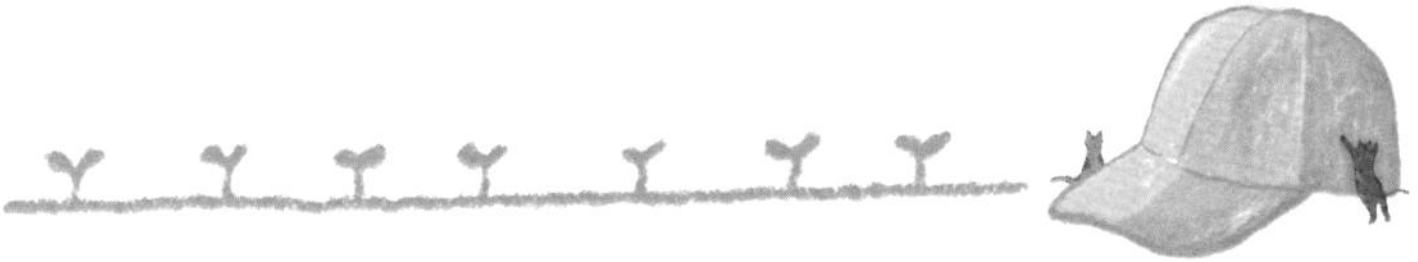

時が邪魔して

気持ち抑えられない

時は魔法

時はいたずら

この胸に止まった笑顔

忘れられずにいるよ

愛しい…

見つめた笑顔にある
その思いは何だろう
何を感じているだろう

通じ合うこと
分かり合うこと

そばにいるときも
離れているときも
思い合えたら何て
思うことが愛しい

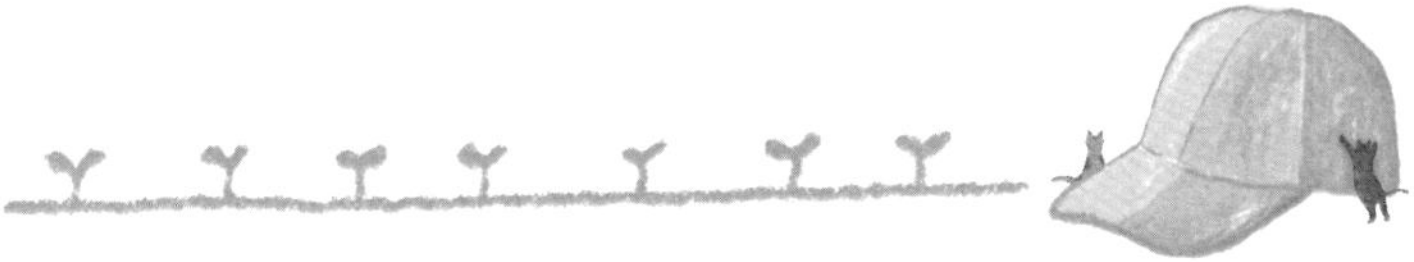

会話の中も
伝えることも
同じ時間にいて
過ごすときも愛しいのに

見つめた笑顔にある
その思いは何だろう

会話の中も
伝えることも
同じ時間にいて
過ごすときが愛しいよ…

恋・愛いつだって

恋は突然やってくる
明日かも知れない
今日かも知れないよ

忙しさに追われて
だけど歩いてきた道に
迷いはなかった
それだけは何よりも誇れるよね

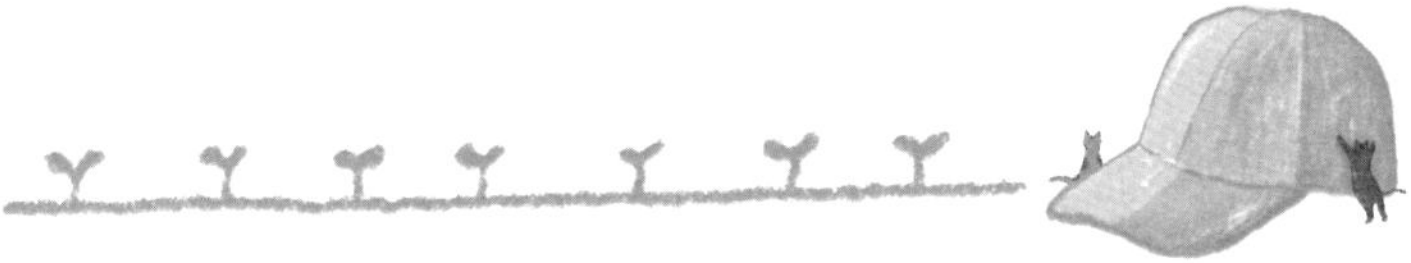

恋はいつだって
出会ったことに意味を持つ

出会ったねがいつか
出会えたねに変わる
そして愛になる

愛はいつだって意味を持つ…

優しさの意味

あなたの優しさに

触れるだけで

こんなにも強くなれる

不思議ねこのチカラ

大切にしたい

守っていきたい

優しさの意味に気づいたよ

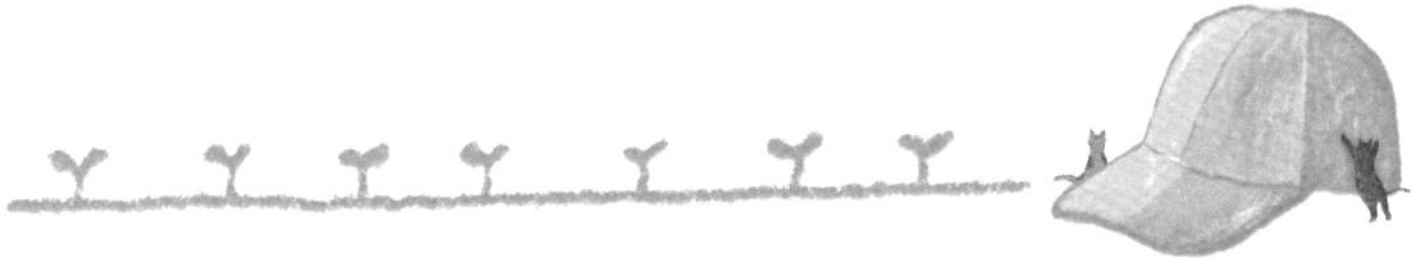

あなたの優しさに

触れただけで

こんなにも強くなれた

優しさの意味に気づいたよ

あなたからのエール

本当は寂しさ堪えていたよね

見送ってくれた

あの時の姿を忘れない

眼差しの奥に隠した私へのエール

ずっと忘れない

いつも見守ってくれているから

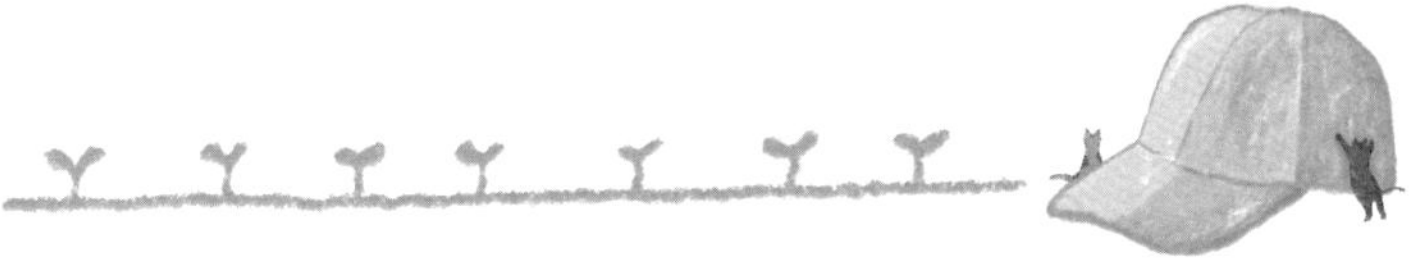

強くなれる　そう感じるよ

あなたにありがとうの言葉

私は胸に刻み

これからも歩いていくだろう

眼差しの奥に見せたエール

ずっと忘れないよ

愛しく思ったよ

あなたが私の名前を書いた
その文字見て愛しく思ったよ
あの頃の思い出を振り返ると
この今を夢見ていたんだと

どこまでが理想どおりで
どこからが理想と違うのかは
進んできた道に
答えがあるとしても

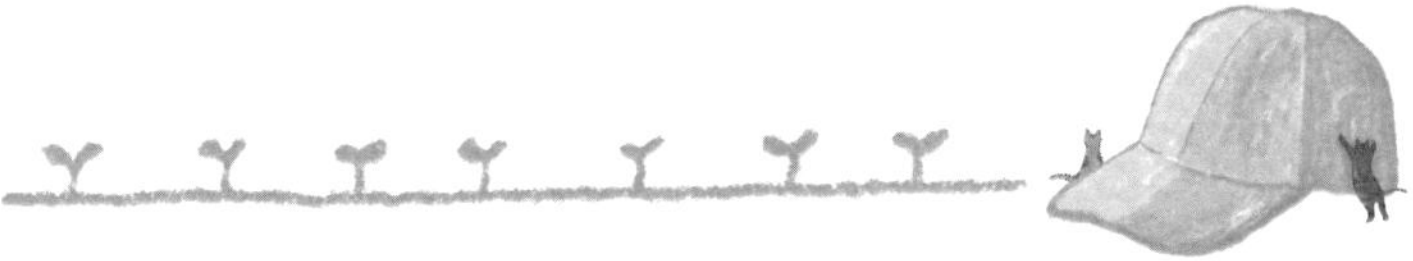

今のままのありのままの

私たちが一番だよ

あなたが書いた私の名前に

夢見たあの頃を思い出し

愛しく思った

何よりも憧れだったから

愛しく思ったよ

神さまと人の愛に包まれて

今を生きる若い人に贈るメッセージ

西村 隆［著］
宮本雅代［編著］

いのちのことば社

永遠の友へ　感謝を込めて

関西学院大学人間福祉学部教授　　藤井　美和

ピンポーン。インターホンは、押すだけ。

勝手にドアを開ける。玄関に入ると、左側の定位置から、私を見つめる温かいまなざし。

「いらっしゃ〜い」

言葉はなくても聞こえる、西村さんの声。

玄関でごそごそと靴を脱ぎ、ヨイショと玄関の段差を上がる。そのまま車椅子に近づき、膝の上に置かれた西村さんの暖かな手に触れる。

西村さんをお訪ねしていたときの日常。それが今は懐かしい。


西村隆さんとの出会いは二〇〇三年三月十四日、兵庫県から依頼された難病特定疾患講演会。最前列に車椅子で参加しておられた西村さんと、講演後の交流会でつながって以来、メールのやりとりが始まった。講演会で私を講師にリクエストしたのが西村さんだったことを知ったのは、ずっと後になってからだった。


それから三か月ほどたった七月四日、西村さんからメールが届いた。

「藤井先生、お元気ですか。……実はお願いがあります。以前から手記を書きたいと思っていましたが、いつも力足らずであきらめてしまいます。だれにも話してはいませんが、最近になって呼吸がしにくくなってきました。あまりのんきに構えていては、きっと書き上がらないと考えました。そこで本当に身勝手なお願いですが、藤井先生に原稿を読んでいただきたいのです。毎週メールでおくります。ご負担ならば、お断りください」

「なんて嬉しいことでしょう。……是非お手伝いさせてください」

「とっても嬉しくて、とりあえず感謝メールを送ります」


なんとしても西村さんの言葉を届けたい。それを実現してくださったのが、いのちのことば社の長沢俊夫さんだった。そして次々生まれる言葉は、『神様がくれた弱さとほほえみ』、『住めば都の不自由なしあわせ』となって、多くの人に届けられ、今、『神さまと人の愛に包まれて』となって、ここにまとめられた。

西村さんは最初から病気を受け入れていたのではない。他のＡＬＳ患者の皆さんと同様、発症以来、次々と襲ってくる喪失と死の恐怖に苦しみ、「生きる意味はあるのか」という問いを突きつけられていた。しかし、苦しんで、探し求めた生きる意味は、「遠く」にではなく、最も「近く」にあった。「生きる意味」、それは、西村さんの存在そのものに見いだされた。ご自身の存在そのものが、神の愛に包まれているという確信によって。

西村さんの世界を学生にも伝えたい。その思いから、私の授業「デス・エデュケーション」にお招きした。二〇一〇年から十二年間（コロナ禍で私が代読することはあったものの）、西村さんと雅代さんはいつもお二人そろって大学に来て、若者に語りかけてくださった。

教室に広がるのは、西村ワールド。ＡＬＳ、尊厳死、安楽死……重いテーマと身構えてきた学生は、いつのまにか、ユーモアを交えた西村さんの語りと、お二人の間に展開される言葉の要らないコミュニケーションに引き込まれ、最後には、幸せとは何なのか、生きるとは何なのか、自らの価値観を問い直し、とても自然にいのちに向き合うようになる。お二人の姿から、パートナーと生きることや、家族とは何かについて考えさせられる学生も多い。

「西村さんの言葉から伝わってくる『生きる意味』というものが私には強く響いています。生きる意味、たとえ自分からどんなことが奪われてもそれだけは消えないということを、改めて感じさせていただきました」

「社会で役割をもって貢献することが必ずしも生きるうえで重要なのではなく、むしろ目にはみえない、ぬくもりある世界を感じ取ることが生きる喜びであるということを教えられました」

「雅代さんの語りを、西村さんがあたたかなまなざしで見つめておられたのがとても印象的でした。言葉はなくてもコミュニケーションできる、それが目の前で繰り広げられていました。共に生きることについて考えさせられました」

二〇二二年は、西村さんにとっても私にとっても特別な年だった。一人のゼミ生を引き受けていただき、西村さんの日常生活、ヘルパーさんやご家族との関係、そして生きる意味についてやりとりする新しいプログラムを始めたところだった。五月の初回訪問時、ゼミ生が読んだ西村さんへの手紙を、涙しながら聴いておられた姿が忘れられない。また十一月十九日には、日本生命倫理学会（第三四回年次大会）で、『「いのち」へのまなざし——当事者の声に聴く——』と題して二人で講演することが決まっていた。私たちは、ゆっくり楽しんで、その準備を進めていた。八月六日、西村さんが旅立たれ、講演は私一人になったものの、西村さんの語りを届ける私は、終始あたたかなものに包まれていた。講演後、西村さんを知る学会参加者から声をかけられた。「西村さんが一緒におられましたね」と。

そう、西村さんは、今も私たちとともに、同じいのちを生きておられる。雅代さんの傍らに、止揚さん、コギトさん、光さん、佳奈さんの傍らに、そして私たちの傍らにいて、語り続けてくださる。存在そのものに注がれている神さまの愛、本当の平安を。

永遠の友、西村隆さん。心から、「ありがとう」。

目　次

Ⅲ キリストにゆだねる

Ⅳ 子どもの豊かさ

Ⅴ　生き抜いた西村隆へ

I いのちの重み

本章の二編は関西学院大学で行われた人間福祉学部の「デス・エデュケーション」の授業で、「『いのち』をめぐる議論」は二〇一九年十一月七日に、「ＡＬＳ患者嘱託殺人事件が問うもの」は二〇二一年十一月十一日に語られたものです。

「いのち」をめぐる議論
――多様性を肯定する――

こんにちは、皆さんとお会いできて本当に嬉しく思っています。私は話ができないので、あらかじめ原稿を書いて、パートナーの雅代が代読してお話を進めます。

ALSという病について

最初に、ALSの説明と患者の置かれている環境を当事者の視点からお話しします。私から自由に動ける身体や楽しいおしゃべり、美味しいものを味わう「食べる」喜びを、今も奪い続けているのがALSです。日本語名は筋萎縮性側索硬化症といいます。この病気の最大の特徴は、感覚、自律神経と頭脳は何ら冒されることがないのに、筋肉だけが冒されるところにあります。治療法はなく、平均余命は五年とされています。ただ、病気の進み方は個別性が高く、発病一年未満で呼吸不全を起こす人もいれば、私のように二十年以上たった今も呼吸機能は維持されている人もいます。

十万人に三人の発症率、四十代から六十代に発症の山があります。全国に約九千人、世界には推定四十万人の患者がいます。

ＡＬＳをめぐる環境は整備されてきました。そこには、身体が動かなくても、話ができなくても精いっぱい生きてきた大勢の患者と支援者がいます。今日私がお話をするＴさんもその一人です。

同じ千葉県に住み、今年の選挙で国会議員になった舩後《ふなご》靖彦《やすひこ》さんもＡＬＳ患者です。彼は「全身まひのギタリスト」として積極的に社会に出ていました。特殊なギターで演奏して、ミニコンサートも開きます。彼が議員になるということが社会に与えたインパクトは大きなものでした。議員といえば、雄弁で有権者の間を駆け回るイメージがありますが、彼は無表情で笑わない、しゃべらないし、動きません。今までの議員像からはかなりかけ離れています。どんな議員活動をするのか注目されています。

ただ、何もしなくても、ただそこに呼吸器をつけた舩後さんがいるだけで、国会のハード、ソフトが次々に変えられました。その一つに、今までは通勤や仕事中は福祉サービスが受けられませんでした。仕事に関することは雇用する側が責任を持つという原理原則があり、多くのケアを必要とする障がい者の就労への壁になっていました。船後さんは議員活動に必要な時にケアを受けられる特別な配慮を受けていますが、国会議員だけが特例とするのはおかしいと、すぐに制度の見直しが議論され始めました。数年前から何回も見直しを要求しているのに、やはり国会議員は力があるのでしょうか。何にせよ、彼の働きに期待しています。

もう一人は一般社団法人「WITH ALS」代表理事、武藤将胤《むとうまさたね》さんです。彼は広告代理店に勤めていた経験を活かして、非常にうまく自分を社会にアピールしています。写真を見ると、カッコイイ車椅子が近未来を感じさせます。（オフィシャルブログを参照のこと。https://ameblo.jp/masatanemuto-withals/）

武藤さんは二〇一四年、二十七歳の時にALSの診断を受けました。恋人にプロポーズする直前の告知に戸惑ったそうですが、結婚して、お互いに良い距離感を保ちながら生活をしています。彼はSNSを活用して、世界中にネットワークを拡げています。ALSでも、もっと広く社会参加できる道を切り拓いています。

彼の信念は「好きを諦めない」で、それは音楽とファッションです。自分の声を最新の技術で合成してラップを歌います。ひと昔前までは不自然さがありましたが、今は全くありません。

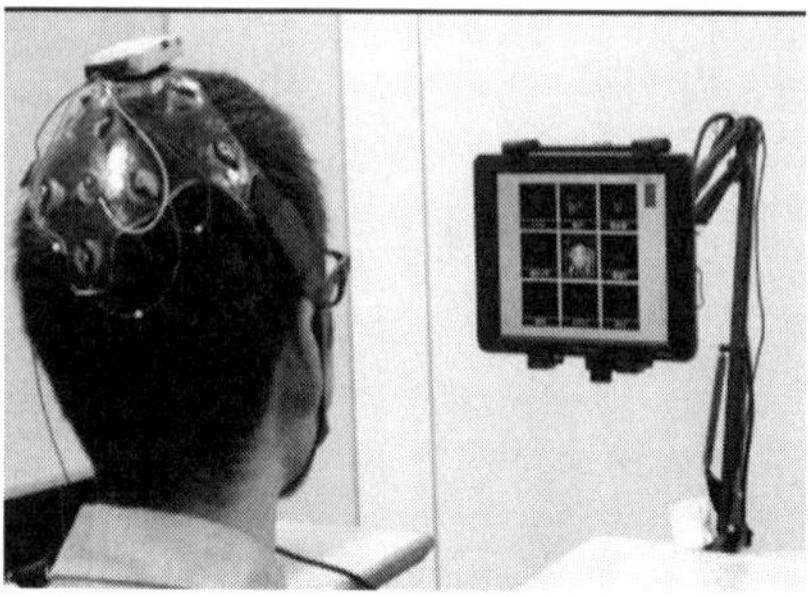

脳波を読み取る

このように、今までは諦めていたことがテクノロジーの進歩によって可能になったことは、この数年でたくさんあります。「特にコミュニケーションの分野で目覚ましい」と武藤さんは希望を語ります。

コミュニケーション手段の意思伝達装置の研究はとても進展しています。筋肉が動かない状態でも、脳波を基にコミュニケーションを図るツール、「Brain Computer Interface」（ＢＣＩ）が実用化されつつあります。私も今、足先が動かなくなることを想定して視線入力を訓練していますが、ゲーム感覚で楽しく訓練できるし、性能も進化しています。しかも、とても安く入手できます。

病気をどう受けとめるか

ただし、いくらテクノロジーや支援制度が充実しても、ＡＬＳの患者のだれもが前を向いて生きていくとは限りません。これはまったく別の次元の話です。つまりは、その人が病気をどう受けとめるかは永遠の命題です。もちろん、患者の個人的な性格や精神的に強いか弱いかのみにフォーカスするのは間違いです。ただでさえ、多くの患者は罪責感に苦しんでいます。今日のテーマにそえば、TLS（TLSについては後述します）でも生きることを選択する可能性があるのか。その条件、環境には、それまでの生き様、周囲との関係が深く関わっています。

進化したテクノロジーや充実したケア体制がいくらあっても、その扉をノックしない、あるいはノックする前に亡くなる人も多くいます。そうした例が私の近くでもありました。私としてはその方にアドバイスできることは山のようにあると思っていましたが、結局その機会はありませんでした。その方は医療を拒否し、最後まで民間療法に頼り、やがて自宅で息を引き取りました。それは短い闘病生活でした。

近畿ブロック患者会

下の写真は大阪で開かれた大規模な交流会で、近畿一円

近畿ブロック患者会の様子

のみならず東京からも患者や家族や関係者が集まり、総勢一〇〇人以上、中にはＴＬＳの方もいますし、人工呼吸器の方も当たり前にいます。患者会と聞くと、「治りたい」が前面に出た必死さ、あるいは暗さをイメージしますが、ここでは全く違います。明るいし、前向きで元気になれます。

日本は世界屈指のＡＬＳの先進国です。何が優れているか。呼吸器の装着率の高さ（三割）です。この数字については後で議論しますが、先進国の中では突出しています。二十年前は呼吸器をつければ入院と決まっていましたし、医者も否定的でした。でも、一人また一人と在宅での呼吸器が増えました。理由の一つとして、患者同士の結びつきの強さがあります。お互いに感化し合いながら生きています。

中には、「私が夫を（妻を、父を、母を）介護します。愛していますから」という方々もいます。でも、その愛がときに重圧となり、凶器となることもあります。

先週、配布していただいたＡＬＳ近畿ブロックの会報誌に書いたものです。二〇一七年にその患者会で発表したもので、いちばん言いたいことは「愛とケアは別もの」ということです。できるだけたくさんの人を巻き込んだケア体制が大切であるということです。脱献身的ケアです。

私の日常生活

ここで自己紹介を兼ねてALS患者の私の日常生活を紹介します。

三月まで公務員として働き、今は長年温めていたメンタルサポートセンター（心に病のある方を支援する事業所）で働くパートナーの雅代と、二十八歳の長女を筆頭に四人の子どもがいます。育児は大変で、比較すると私の病気なんてちっぽけに思えます。子どもも成長して、それぞれの道を歩んでいます。

施設で働いていたころ

私は神戸聖隷福祉事業団に勤めていました。最も重い障がい者のケアと専門の言語訓練をしていました。

最初に赴任したのは、兵庫県北部の朝来市の施設でした。上の写真は、近くの牧場での乗馬（正式には感覚統合訓練という）をしているところです。

Yさんは重い脳性マヒで、車椅子に座るのも大変でした。ましてや、乗馬なんて危ないし無理だと思いましたた

ウルトラマンのいる部屋

が、グングン上達して周囲を驚かせました。馬に乗るYさんは、背筋が伸びて堂々としています。私は、人のもつ無限の可能性や人の尊厳とは何かを、仕事を通じて考えていたと思います。

私は、障がい者に関わる仕事が本当に好きでした。今はケアを受ける立場になっていますが、ヘルパーやナースの気持ち、技術面の悩みも理解できます。そういう意味からは仕事での経験が生きています。

発病は一九九七年なので二十年余が経ちました。皆さんの人生がすっぽり入ってしまうと考えると、長い期間ですね。

右の写真は私の生活空間を写したものです。

左手が玄関で、お客様は最初に私と挨拶をすることになります。一日十五時間ほど車椅子で過ごします。ケアを受ける以外は、この姿勢でだるまのように動きません。寝たっきりならぬ、座ったっきりです。

そこで何をしているか。私は左足が比較的思うように動くので、赤いスイッチを押して、パソコンを操作します。左の写真をご覧ください。原理は単純です。パソコンの画面に文字盤があって、一つ一つ文字を選んで、文章を作ります。一〇文字書くのに早くて五分。足が思うように動かなくなれば、少し休み、からだのご機嫌をうかがいながらの恐ろしいほど手間暇のかかる作業です。けれども、とても楽しい時間、生きがいです。私がアクティブにできる数少ないことです。変な感覚ですが、夢中で原稿を書いていると、病気を忘れます。動けないことが大した問題ではないと思えてくるから、不思議です。

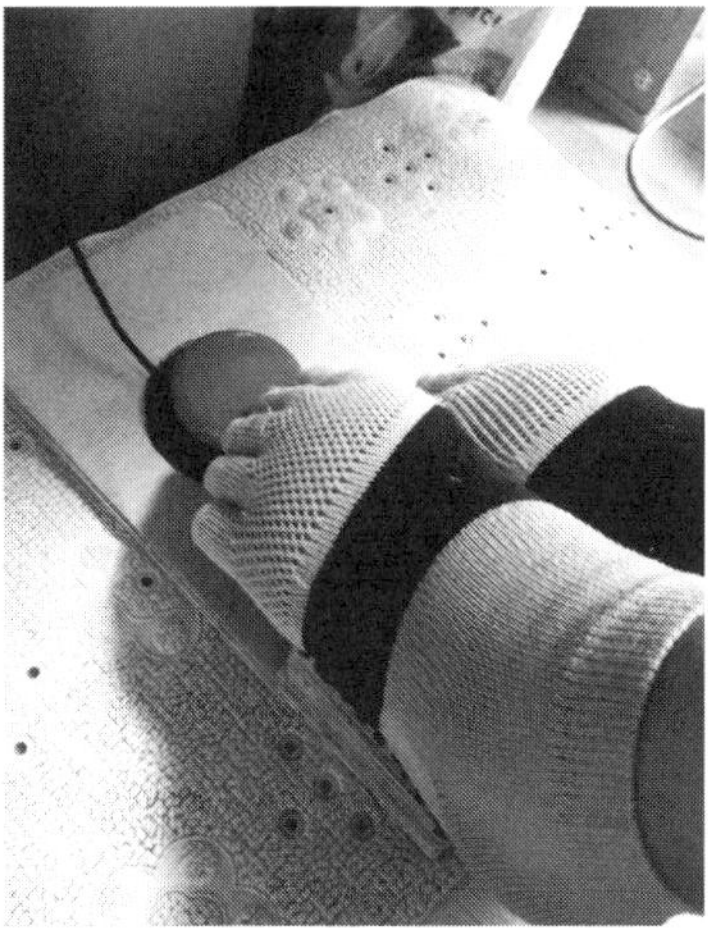
パソコン操作をするスイッチ

原稿を書くだけでなく、メールやインターネット、本もＰＤＦに変換してパソコンで読むことができます。そして何よりも、パソコンはコミュニケーションの重要なツールです。尊厳を保つうえで、コミュニケーションの確保はＴさんを含めて多くの人が最も重要だと感じています。

一人のＡＬＳ患者の要望書

それでは本題に入りましょう。お話のテーマは、二〇一〇年に放送されたＮＨＫのドキュメンタリー番組『命を巡る対話』を掘り下げてみたいと思います。その番組は、気管切開をして人工呼吸器をつけたＡＬＳのＴさんが、「病気が進行してコミュニケーションが取れなくなったら、人工呼吸器を外して死なせてほしい」という要望書を二〇〇八年、病院に提出した問題を取り上げていました。

私はテレビを見終わった後、なんともやるせない気持ちを覚えて、その夜は興奮して眠れませんでした。翌日からはメールなどで多くの人と意見交換をしました。今回の講義の担当をしてくださっている藤井美和先生とも何度もやりとりをしました。

当時に感じたやるせない気持ちは十年たった今も変わりません。私のやるせなさには、当然「患者の意志が尊重されるべきだ」という思いがあるからです。完全な閉じ込め状態はＡＬＳ患者には身近な恐怖です。患者でなくても、「もし自分がＴさんの立場ならば」と思いをめぐらせるのはとても自然なことですし、大切なことです。それでも、どれだけ想像力を働かせたとしても、「つらいだろうな」「苦しいだろうな」以外に何を感じること

Tさんの年表

〔カッコ内は年齢〕

＊ 1940 誕生
＊ 1991（51） ALS を発症
＊ 1992（52） 呼吸不全により人工呼吸器をつける
＊ 2003（63） 岩波書店より本を出版
『泣いて暮らすのも一生 笑って暮らすのも一生』
＊ 2007（67） TLS になったら呼吸器を外すという要望書を提出
＊ 病院では倫理問題検討委員会が３回開かれた
＊ 2008（68） 委員会は呼吸器を外すことを認める
病院長はこれを拒否
＊ 2009（69） NHK クローズアップ現代
「私の人工呼吸器を外してください」
＊ 2010（70） NHK「命を巡る対話」
＊ 2015（75） TLS になる

ができるでしょうか。

一般視聴者はこんな印象をもったようです。

「全身が麻痺して、人工呼吸をつけた患者は、病気が進行してコミュニケーションがとれなくなれば、呼吸器を外して、死を望んでいるのにもかかわらず、法律や倫理が壁になって死ぬことさえできない。哀れな、悲惨な病人」

これは自然な感想でしょう。

上の表は、私が作った年表です。「呼吸器を外してほしい」との要望書を提出した二〇〇七年を目立つように表記しています。この前後に呼吸器にまつわる事件が大きく報道されます。

お連れ合いのEさんによると、報道には敏感で、要望書にもそれが色濃く反映されているということです。警察官として三十年以上真面目に勤務してきたことから推察すると、順法意識は高かったようです。


どんな事件があったのでしょうか。

二〇〇六年、意識不明で岐阜県多治見病院に搬送された八十代の男性。延命を望まないと書き残していましたが、「国の指針が明確ではなく、医師の責任を問われかねない」との当時の院長判断で呼吸器は外されませんでした。

二〇〇七年、富山県の射水市民病院で医師が複数の末期患者の人工呼吸器を外したことが明らかになり、県警が捜査を始めています。

厚生労働省は二〇〇七年、本人の意思や医療チームでの話し合いをもとに、医療行為の中止などを「慎重に判断すべきである」とするガイドラインを公表します。

生命維持装置（人工呼吸器や栄養チューブなど）を中止することは、二〇〇九年に出された「川崎協同病院事件」の最高裁判例によって違法とされます。

時代の流れは、一度つけた呼吸器は外せないというものです。

今も基本的には同じですが、例外を認める動きも始まりました。あくまでも、医学的に回復が望めない終末期などの限られた条件下ですが、それまでタブーとされていた生命維持のための人工呼吸器を外す動きがあります。

二〇一七年六月に放送されたNHK「クローズアップ現代」のレポートは、ある救急病棟を取材したものでした。そこでは、救急処置として呼吸器をつけて生きている患者を前にして戸惑う家族や医師の姿が描かれていました。外すことを判断した家族は「それが本当に正しかったのか」と悩み、医師も呼吸器を外すことがはたして医療行為なのか、あるいは「慣れてくると、感覚がマヒして機械的に呼吸器を外すようになれば恐ろしい」と話していました。この動きの背景には、高騰する医療費と医療者への負担の軽減という側面があって、議論を呼んでいるということでした。

話をTさんに戻しましょう。

Tさんは法律を作ることを望んでいません。それが唯一のTさんの要望を実現するとしてでも、です。一見、矛盾するかのようですが、もし尊厳死法や安楽死法があれば、法律に照らし合わせて、いのちの線引きが行われます。Tさんの置かれている状況はあまりにも過酷なので、私たちを「思考停止」の状態に陥らせてしまいます。これがいちばん怖いことです。「尊厳死」という言葉には、難しい生命倫理や医療問題、「生命とは何か」などの答えのない、きわめて個別性の高い、ややこしい問題を一気に解決する破壊力がありま す。死にたい人には死ぬ権利があることを保証するからです。法律の怖さがそこにありま す。

正解のない問いに立つときに、どれだけ考えられるかということです。けれども、そこからしか「いのちの本質」にはたどり着けないのです。

Tさんは要望書に、尊厳死や安楽死という言葉を使わず、あくまで自分の個別の問題として扱われることを望みました。そこには二十年間ALSとともに歩いた時間が凝縮されています。それまでは困難とされていた在宅での人工呼吸器療法のリーダーとしての自負や責任が読み取れます。そして、前向きに生きるTさんの姿に勇気づけられたたくさんの患者が、人工呼吸器をつけて生きる決断をしています。患者同士、あるいは家族同士の関係が強く影響し合っています。

ALS患者の七割以上は人工呼吸器をつけません。そして、七割の患者が「死ぬこと」を選択します。私はこれを「消極的な尊厳死」と呼んでいます。

なぜ患者は「死ぬ」ことを選択するのでしょうか。主な理由は三つです。

①ケアなどで家族に負担や迷惑をかけたくない。

②障がいをもつことを受け入れられない。

③生きる意味や価値を見いだせない。

語尾に「ない」ばかりがつくので、私が「消極的尊厳死」と勝手に名づけたのです。治らない、余命宣告を受けることはショックなことです。発病直後の患者へのアンケートでほぼ一〇〇%、延命医療（生命維持装置）を望まないと答えています。私も望みませんでした。それはなぜでしょうか。動けている「今」の自分の想像の枠から外れて暗闇しか見えないからです。それに加えて、厳しい現実も突きつけられます。

告知を受けてしばらくしてから医師は私に言いました。

「早い時期に自分の意思を明確にしておかないと、救命処置として間違って（自分の意に反して）呼吸器をつけられると大変です。一度つけた呼吸器は外せないからです。」

そして最後にこう告げました。

「この病院では、ＡＬＳの患者に呼吸器はつけられません。もしつけたいのならば、ほかの病院を探してください。」

この医師の言葉はショックでした。

「呼吸器なんかつけるなよ」というニュアンスをひしひしと感じたからです。あとでわかったことですが、これは医師個人や医療の問題にとどまらず、退院後のマンパワーが確保できなければ軽々に呼吸器はつけられない、という判断に基づくものなのです。医療と福祉の連携の問題です。在宅でのマンパワー不足は非常に深刻です。在宅ケア、特にナースの定着率は低く、在宅呼吸器への大きな壁になっています。

呼吸器をつけないと判断した人は、病気の進行に伴い、呼吸不全を起こします。苦しいので、痛み止めや酸素を入れるなどの暗黙の安楽死もなされますし、また、「胃ろう」をつけないとすれば、体力が弱っていき、肺炎を頻繁に起こして「死期」が確実に近くなります。

栄光ある撤退

Tさんの要望書の趣旨は以下のようなものです。

「私は、生きられる肉体と自らの考えを伝えられる意思の疎通の方法があって初めて、人は生きていると認識しています。人は動くことができず、意思の疎通ができず、自分の話したいことや意見も言えなくなれば、それは精神的な死を意味します。闇夜の世界に身を置くことになり、とても耐えられません。その時は呼吸器を外して死亡させていただきたく、事前にお願い申し上げます。私はTLSになって人生を終わらせてもらえることは栄光ある撤退と確信しています。」

最後に出てくるTLSは、トータリィ・ロックトイン・ステイト（Totally Locked-in State）「完全な閉じ込め状態、閉じ込め症候群」のことで、意識が鮮明なまま運動神経が阻害されていき、眼球運動を含めて全身どこも動かせなくなり、自ら意思を発信することができなくなってしまう状態のことをいいます。自分の身体の中に心が閉じ込められたように見えることから、こう言われるのです。Tさんは、この状況では生きていけないので呼吸器を外してほしいと要望しています。

キャスターを務めたノンフィクション作家の柳田邦夫さんはこの取材の目的をこう述べています。

「完全な閉じ込め状態は、あらゆる自己表現の機能を失っても、意思や感情は生き続ける過酷な試練を患者に強いることになる。がんの末期とはまったく違う状況に陥る。命について対話していくことに、どんな展開があるのか、未知の世界へ旅に出るようないくばくかの不安の入り混じった気持ちが私の頭の中をかけめぐっている。」

「難病で、意思を伝えることもできなくなる。生きている意味はあるのだろうか。むしろ、その時こそ生きる意味が問われるのではないだろうか。」

動けない、話せない、何をするにしても人の手を借りなければ生きられない。その状況を想像したら、だれが希望をもち、生きようと思うでしょうか。健康な人の視点からすると、考えられない世界です。番組の冒頭は印象深いナレーションで始まります。

「ちょっと、想像してみてください。もしもあなたの意識がはっきりしているのに、目を開けることも、話すこともできない。体を動かすこともできない。そんな状態が続いたらどうしますか。」

暗闇に閉じ込められる恐怖

前向きに生きてきたTさんが、要望書を書くきっかけとなった出来事は理論や理屈ではなくて、感覚、特に皮膚感覚です。

「三年前、病気が進行し、体の大部分が動かなくなっている真夜中に、顔をムカデに嚙みつかれ、強烈な痛みを感じても振り払うことができず、痛みを感じる感覚や意識を残して暗闇に閉じ込められる恐怖を感じることになりました。」

この痛みや不安には理屈は通じません。少し言い方をかえれば、心の奥深く、たましいの痛みと言えます。Tさんの痛みは単純なものではなく、ムカデに嚙まれても、何も抵抗できない、「痛い」と声さえもあげられない、無力で弱い自分の姿を、ムカデを介して見せつけられたのです。私はムカデよりも弱い。それはTさんの自尊心を木端微塵にします。

感覚の世界、もっといえば皮膚感覚のリアルな世界です。私もこの皮膚感覚を大切にしています。

全身が麻痺した、ある意味の極限状況の中、（にもかかわらず）生きたい、と思えるとしたら、それは理屈ではなく、感覚の世界だと言えます。

連続する喪失体験

ここで短く私の話をさせてください。

Tさんと比較すると、病気の進行はあまりにも違います。私は二十年たっても呼吸器をつけていません。告知から最初の二、三年で体重は二十キロ以上減りました。お腹の脂肪や贅肉が落ちるならば嬉しいのですが、落ちていくのは腕や胸、肩などの生活に不可欠なものばかりでした。それに比例して、体の自由が利かなくなりました。身体の中の微妙な変化は、どんなに近くにいる家族にもわからないほど小さなものですが、私にはその一つ一つが心を痛める大事件でした。どんどん萎縮する肉体。

「○月×日　軽いスプーンさえも口まで運べない。これからどうすればいいのか」

「○月×日　本のページをめくるのに、一時間もかかる。読書もあきらめる」

などなど、当時の日記には、できなくなったこと、トイレの失敗、転んだことばかりが書かれています。車の運転をあきらめ、歩くこと、話すこと等々、あきらめの連続。それは、今まで築いてきた自分が崩れていく、海辺の波打ち際に作られた砂のお城のイメージです。自分の価値がなくなる体験でした。

「連続する喪失体験」、これは本当につらいことです。ある患者の手記には、自分の身体がだんだん薄れていき、まるで透明人間になっていくようであるとの、苦しむイメージの姿が克明に描かれていて、多くのＡＬＳ患者が共感しました。

消えていくのは、私自身の存在の価値や意味です。こう言ってしまうと、哲学や宗教の領域に聞こえますが、そうではありません。それは失って、あるいは失いかけて初めて、大切さを痛感するものです。これがスピリチュアル・ペインです。宣告された「余命五年」も重たい足かせになりました。数字は魔物、不思議な力があります。いい加減なことも適当に無理やり数字にすると、学術的で客観的な事実に思えてきます。私も数字の魔法にひっかかりました。

それからは、時計の針を五年後、つまり自分の死、四十二歳から逆算して生活するようになりました。そのとき長女がやっと小学五年生。私がすべきことはまだまだあります。五年はあまりに短すぎます。不思議で息の詰まるような濃密な時間の中をアップアップしながら泳いでいました。いつも「死」の影におびえながら、モーレツな勢いで逆回転する時計をにらみつけていました。ひたひたと近づいてくる五年のリミット、日々味わう無力感が私を襲いました。

当時は、新聞も死亡欄から読み始め、ニュースでも死亡という言葉に敏感になりました。それはまるで世の中の「死」を磁石のように自分の死に引き寄せて、重ね合わせるようでした。

「交通事故で○○花子さん、五十八歳が死亡」という一行からでも、家族の悲しみ、本人の無念さなどを無限に読み込みます。もちろん、花子さんと私とは個人的に何の関係もないのです。悲しむことよりも、目の前の洗濯物を畳んだり、子どもたちと遊んだりと、やるべきことはたくさんありました。でも、私は日常生活をしっかりと生きることができませんでした。

存在の重さの実感

限界まで張りつめた精神の糸が今にも切れそうな、そんないちばん苦しい時、二〇〇〇年に生まれたのが止揚《しよう》です。止揚には、ダウン症という先天的な障がいがありました。私の中にもちろん変化がありました。父親として何ができるのか、寝てばかりの止揚をただただ何時間も見ていました。動くことのできるほかの家族はすぐに私の視界から消えてしまいます。でも、止揚は動かず、話しません。私は自分の姿と重ね合わせて見ていたのだろうと思います。

止揚の生まれて数か月がたったある日、雅代が私に一つの提案をしました。

「お願い。膝に止揚を寝かしてミルクをあげて。わたし、今、忙しいの」

「えっ、そんなことできるかな」

「できるわよ。工夫すれば」

オドオド、ビクビクしている私に向かって言います。

「頼むわね。止揚を落とさないでね」

ずっしりと止揚が私の膝に乗ります。もちろん、私の腕の力は鉛筆を持つことさえ不可能です。膝だけのバランスで止揚を支えます。皆さんがそれを目にしたら、あまりに危なっかしくて見ていられないことでしょう。私を信じて、止揚を膝の上に乗せた雅代もたいしたものです。

はじめのうちは、「えー、そんな無茶だよ」と思いましたが、忙しく働く雅代を見て、せめて数分ぐらいはなんとか頑張ろうと思いました。止揚が膝に寝かされた瞬間から、

「もしも泣き出したらどうしよう。もしも落としたら大変だ。もしも、もしも……」、たくさんの不安が気持ちを支配します。

「よし、五分したら、雅代を呼ぼう」時計をにらみながら、必死にミルクをあげました。私には長い五分でも、忙しく動く人には短いことでしょう。五分が過ぎ、十分、十五分と過ぎるうちに、不安定な膝の上で、かすかな寝息をたてて気持ち良さそうに寝ている止揚に気がつきました。

元気な止揚

ずっしりと重たい止揚の鼓動、ぬくもり、そして彼の未来を確かに感じていました。にらみつけていた時計がすーうと消えて、温かなものに包まれました。身体の奥深くから込み上げてくる熱いものが、凍りついた世界を溶かします。

私が初めて感じた「存在の重み」でした。そしていつのまにか何か大きなものに抱かれて寝ている私がいました。私はそれが「神さま」だと感じていますが、人によっては「宇宙」や「自然」だと言うかもしれません。大切なのは、自分を超える大きなものを感じることなのです。

この安心感を得てから、日常の風景がまったく違って見えるようになりました。それまでは自分の病気や悲劇ばかりを見ていました。自分の殻の小さな穴からのぞいた風景は、色がなく、ひどくよそよそしく、自分との関係がどんどん薄くなり、離れていきます。五年で死ぬ。すべての関係が死をもって切れてしまう。そう頭で考えていました。でも、不安定な腕の中に眠る止揚と一緒に温かいものに包まれ、深くつながりました。

この奇跡と思える体験を生み出す大切なキーポイントがあります。夜中にうなされたり、急に泣き出したりする私のいちばん近くにいた雅代は、私を病人扱いをせず、悲劇の主人公扱いもしませんでした。父親、パートナーとして、そして尊厳ある人間として扱ってくれました。それは理屈でできることではありません。でも、結果として私は一見「冷たい、厳しい」日常の中で豊かに生きていくようになりました。

私の「存在を実感した」体験はほんの数秒の出来事でしたが、心の奥深いところで静かに熟成し、今も発酵し続けています。私の感じた「存在の重み」とは何でしょうか。一つの断面から説明してみましょう。

Doing——人を見るときは、まず行動を見ます。外科医ならば、メスさばきでしょうか。これが社会では圧倒的な価値や評価を生むし、自己評価につながります。

Having――持つことは財産や経験などです。私は死を意識して何回も身辺を整理しましたが、使うはずのない万年筆や小物がたくさんありました。思い出もあります。整理するのは難しいことです。

Being――注目したいのは、あることの大切さです。これは尊厳の世界、感覚、ぬくもりの世界です。これはアート、芸術の世界にたとえられます。ピカソの絵は、見る人によって価値が異なります。絵はそこにあるだけで、何か特別な役に立つことはないかもしれません。空腹を満たすこともありません。ところが、ある人には人生を変えるほどの衝撃を与えるのです。

根源的なメッセージ

ここで話をまたTさんに戻しましょう。意思が伝えられなくなっても、生き続けたいと思う術はないのでしょうか。

柳田邦夫さんは、完全な閉じ込め状態となっている患者さんに会いに行きました。Kさん（五十一歳）、三年前にすべての筋肉の動きが止まり、TLSになりました。瞼を家族が開けてあげれば見えるし、耳は聞こえています。最後にお連れ合いが言います。「他とは比べられない。うちは、こういうスタイルでいくのが気持ちのいい生活の仕方でしょうね。」

柳田さんの言葉です。

「強く感動したことは、家族全体が、何の反応がなくても父を中心とした輪の中で、ごく自然な日常を過ごしているという情景です。人間が耐えがたい病苦に陥ったとき、生きることを支える条件は何か。その一端が見えたように思えました。Kさんは、どのように感じているかは知る由もありませんが、家族の中心にあると感じ、心にぬくもりを保っているのではないでしょうか……。」

柳田さんはTさんに手紙を書きました。「いつまでも生きてほしい」、柳田さんが迷った末にTさんに伝えたメッセージです。

「Tさんがなおも生きて存在することは、ご家族にとって毎日の生活と人生に大きな支えになるに違いない、生き続けてほしいと心から願っています。周りの人がそういう願いをもつことにTさんはどのように感じられるでしょうか。」

Tさんは長い時間をかけて返事を書き上げました。

「……命については、柳田さんの考えがわかりません。家族や社会のために生きろと言われても困る。私が生きることで家族の支えになることはわかります。しかし、意思の疎通ができなくて、家族のために生きろとは、酷な話です。人それぞれ違う生き方だから、自分の道を選んだのです。それだけです。……命は自分のものだと思いますが、先生はどう思いますか？」

柳田さんはこれに応えます。

「命は一つの側面があって、夫婦なり親子なりで共有しています。だから片方が亡くなれば、悲しいし、つらい。共有した命はいつまでも生き続けてほしいという気持ちがある。そういう家族を見ていると、自分にはねかえって、ああ、自分がこの世に存在する意味があるのだと思うのです。」

「柳田さんの言葉をどう思いますか」とお連れ合いに問われて、Tさんは答えます。「私はとてもつらい。」

お連れ合いは言います。「何でも感じられる病気、家族の支えになってと言っても、家族もつらいのです。」

Tさんは、家族の支えになっても、意思の疎通ができない暗闇の世界では生きていくことができないと伝えました。しかし、死にたいという気持ちと生きたいという気持ちのはざまで、命と向き合っていました。

柳田さんは結論としてこう述べます。

「人は一人ひとり個性のある物語を生きている。そして身体には、その人の生き方や発してきた言葉がしみついている。言葉が発せなくなっても体が存在するかぎり、生きることの根源的なメッセージを、世の中に強い印象をもってアピールし続けることができる。私がTさんに生き続けてほしいと切に願うのはそういった理由からだ。」

現代社会は理論理性に重点を置きます。柳田さんはジャーナリストとしていろいろな事件や社会の断面を取材しました。彼の最大の武器は理性であり理論でした。でも、最愛の息子の死を通して、理屈では割りきることのできない世界を知りました。

柳田さんが命の問題を深く考えるきっかけをつくったのは、一九九三年に自死した次男の洋二郎さんでした。十一日間意識不明の状態が続き、亡くなりました。

洋二郎さんとの無言の対話の経験が、かけがえのないものとして柳田さんの心の中に残っています。この経験を描いた『犠牲（サクリファイス）――わが息子・脳死の11日』（文藝春秋、一九九五年）を、私はALSの確定診断を待つ病院のベッドで読みました。柳田さんは、洋二郎さんが克明に書いた日記を手掛かりにして、医学的な死の判定を待つ、機械につながれてはいても、ぬくもりを保っているわが子と向き合います。脳死状態のわが子を前にして自責や無力感にさいなまれながら、スピリチュアルな息子との物語を紡いだ本であると評価できます。

もう一冊、本を紹介しましょう。川口有美子さんの『逝かない身体——ALS的日常を生きる』（医学書院、二〇〇九年）です。この本は、川口さんが母親のケアを通して生きる意味を問うたものです。ちなみに、川口さんが本を書く動機になったのはTさんです。母親はTLSでした。川口さんは、ケアの本質はコミュニケーションであると言います。たとえば、言葉で「死にたい」と訴えたとしても、患者の心は揺れていて、それをどう理解するかというのです。ましてTLSにおけるコミュニケーションはどうなのか。

川口さんは、植物を育てるように身体とコミュニケーションをします。汗や顔色、体温、あらゆる皮膚感覚を使って気持ちを読み取っていきます。言葉を介さない究極のコミュニケーションです。川口さんは言います。

「もっとも重要な変化は、私が病人に期待しなくなったことだ。このまま治らなくても長く居てくれればよいと思えるようになり、そのころから病身の母に私こそが『見守られている』という感覚が生まれ、それは日に日に重要な意味をもちだしていた。」

先に紹介したTLSのKさんが家族の中心にいて「見守っている」と柳田さんが感じたのと同じです。

止揚の居場所

実は私も似たような感覚をもちました。私に「存在の重さ」を感じさせた止揚は十九歳になり、特別支援学校高等部を卒業して、今は御影にある老人ホームの洗濯場で働いています。好きなバスや電車に乗れて、ICカードをかざすだけで欲しいものが手に入り、買い食いもできます。誘惑も多いなかでたくさんの失敗を経験しながら、ゆっくりゆっくり成長しています。

止揚の居場所

中学生になったころから私の隣が止揚の居場所になっています。小さなマットを持って来て、iPadやお気に入りのものに囲まれて過ごします。居場所が決まるまでの止揚は落ち着きがなくて大変でした。私の眼の届かないキッチンや二階や庭で遊んでいました。私は音や気配を頼りに止揚を見守りました。心を止揚に傾けるしかできない無力感を何度も味わいましたが、中学生になり、気がつくと、いつも隣にいるようになりました。最近になって感じたことは、止揚が私を見守っているんだということです。私にも親の役割意識が強くありますから、それはちょっとした驚きでした。私の声はあまりにも小さいのですが、止揚はしっかりと聞き取ってくれます。

　私の声を聞き取るために、寄り添ってくれます。見守っているはずの私が見守られていることは、大きな喜びです。

Tさんの「今」

　最近のTさんの様子を伝える記事を『中日新聞』二〇一八年六月二十四日に見つけました。一昨年の十二月から始まったシリーズ「メメント・モリ」の中で．「さいご（最期）を決める」とのタイトルで、Tさんの「今」を次のように伝えています。

「Tさん〔注＝記事では実名〕は三年前、パソコンを操作する最後の手段だった頬も動かせなくなった。周囲と意思疎通が図れなくなった今も、人工呼吸器で生きている。……五十二年連れ添った夫。『いなくなったら、寂しい。でも、痛くても苦しくても、何も訴えることができないつらさを思うと、かわいそうでね。』四十分おきの目薬の時間を知らせるアラームが鳴り、ベッドへ向かったEさん〔注＝記事では実名〕は、『私自身も揺れている』と話した。」

この記事を読んだとき、Tさんは確かに生きているとあらためて感じました。Eさんの気持ちも揺れ動いていて、今もTさんに問いかけるそうです。「呼吸器を外してほしいの？」と。

その人にしか生きられない物語

ここから私なりの結論を示したいと思います。

二十二年前にＡＬＳの告知を受けたときに、「全身麻痺（話せない、食べられない）」の世界は想像することができませんでした。動けて、話せることが当たりまえだと考えていました。そして今その世界に生きていて、想像した世界とはまるで違うことに驚きます。純粋に生きていることを喜び、自分に対しても人に対しても肯定感をもてるようになりました。

私の周りには、私を巻き込んだたくさんの人生、物語が渦巻いています。身近な存在としては家族です。四人の子どもの物語にはハラハラドキドキします。私は何もできないし、ただひたすら見守るだけです。よく無力感にさいなまれますが、それでも「私がいる」ことは家族にぬくもりを与えています。そう確信させるのは、止揚を膝に乗せたときに感じたぬくもりがあるからです。

柳田さんにTさんが「確かに生きている」と言わしめたのも「いのちがもつ力」であり、相手の奥深い心を読み取ろうとしたことによるのです。

Tさんは「暗闇の世界」「意思が伝えられない世界」であっても、声も聞こえて、周りの人のぬくもりをより強く感じられるはずです。今までも数えきれない無力感、喪失体験、絶望からでも生きる喜びを育ててきたTさんならば、「暗闇の世界」を良い世界と思えるはずです。

二十年前、私も今のような「幸福感」を覚えるとは思ってもいませんでした。仮にもし健康で働けたとしても、地位や権力を得たとしても、今のほうがベターかなと思っています。人の尊さ、人のスピリチュアリティの力はここにあると思います。人はその人にしか生きられない物語をもっています。

最後になりますが、この原稿を書くのに一か月ほどかかりました。その間、皆さんのことをいつも念頭に置いて、ああでもない、こうでもない、と文章を作りました。楽しい、とても楽しい時間でした。
ご清聴ありがとうございます。

ＡＬＳ患者嘱託殺人事件が問うもの
——からみ合う命——

こんにちは。西村隆です。本来であれば直接皆さんと対面でお話しできるのが望ましいのですが、なにせコロナ禍の今です。原稿を藤井美和先生に託して、オンラインでお話を進めます。

タイトルの「ＡＬＳ患者嘱託殺人事件が問うもの」は、マスコミの好きそうなとげとげしい言葉です。でも、今日のお話のポイントは副題の「からみ合う命」です。

コロナでは感染対策として早くから三密の回避が叫ばれました。でも、三密は人間らしさを保つうえで不可欠なものです。人間は密になり、ぬくもりを感じて、共感して生きています。単純には言えませんが、生きづらさを感じる人が増えてきているのは、密になることの大切さを物語っています。

今日のお話は十万人に三人の発症率の難病患者の訴えを取り上げますが、これは特殊な事例では決してありません。そこには皆さんと共有できるいくつかのものがあると思うのです。

この事件の概要

「京都市内で重度訪問介護（二十四時間体制の介護）を受けていたALS（筋萎縮性側索硬化症）患者のHさん（五十一歳）の依頼を受け、二〇一九年十一月にHさんの自宅マンションを訪問して、致死量の鎮静剤を使って殺害したとして、京都府警が現役のO、Y両医師二人を嘱託殺人の疑いで逮捕した。」（京都新聞より）〔注＝記事の原文は実名で表記〕

嘱託殺人や安楽死をめぐる議論は珍しくありません。特に終末期や高齢者の医療現場では延命措置をしないことが主流になりつつあります。

あとで触れますが、ACP（アドバンス・ケア・プランニング）や延命措置中止の流れは数年前とは異なっています。私たちの社会はいったいどの方向に向かっているのでしょうか。事件の波紋は今も拡がり続けています。

自己紹介

はじめに自己紹介をします。

左の写真は、昨年の夏に岐阜県白川郷へ家族で旅行したときのものです。中央の私は精いっぱいの笑顔のつもりです。そして三男の止揚と妻の雅代です。

子どもは一姫三太郎です。四人の子育てはハラハラドキドキの連続で、自分の病気なんてちっぽけなものに感じたのですから、不思議です。上の三人の子どもは自立して家を離れています。家にいるのはこの写真の三人です。止揚は就労支援B型で働き、雅代は公務員として長く仕事をしていましたが、今はメンタルサポートセンター（心に病のある方を支援する事業所）で楽しく働いています。

私は一日のほとんどの時間を車椅子で過ごしていま

す。ケアを受ける以外はその姿勢で、だるまのように動きません。寝たっきりならぬ、座ったっきりです。六十歳を過ぎた去年から身体のあちこちが痛みだして、横になって休む時間も取るようになりました。

コミュニケーション・ツール

そこで何をしているか。私は左足先が比較的思うように動くので、赤いスイッチを押して（本書二一一頁参照）、パソコンを操作します。「オペレートナビ」というソフトを入れています。原理は単純です。パソコンの画面に文字盤があって、一つ一つ文字を選んで、文章を作ります。十文字書くのに早くて五分。足が思うように動かなくなれば少し休み、身体のご機嫌をうかがいながらの恐ろしいほど手間と暇がかかる作業ですが、とても楽しい時間で、まさに生きがいです。私がアクティブにできる数少ないことです。変な感覚ですが、夢中で原稿を書いていると、病気を忘れます。動けないことが大した問題ではないと思えてくるから不思議です。

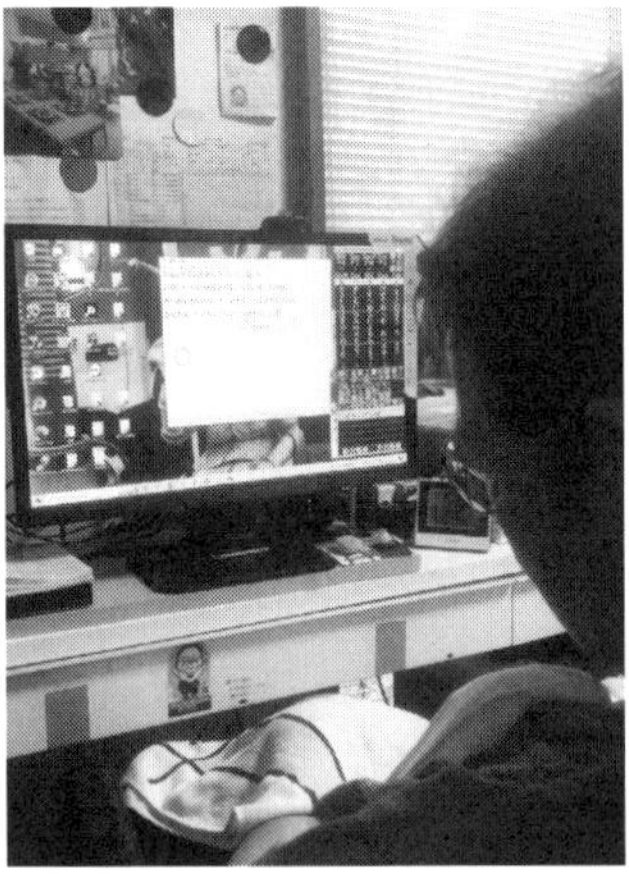
パソコンの操作中

原稿を書くだけではなくて、メールやインターネット、本もＰＤＦに変換してパソコンで読むことができます。そして何よりも、パソコンはコミュニケーションの重要なツールです。自尊心を保つうえで、言葉、コミュニケーションが大きな意味をもっていることを多くの人が証言しています。けれども、日々痛感するのはコミュニケーションの難しさです。

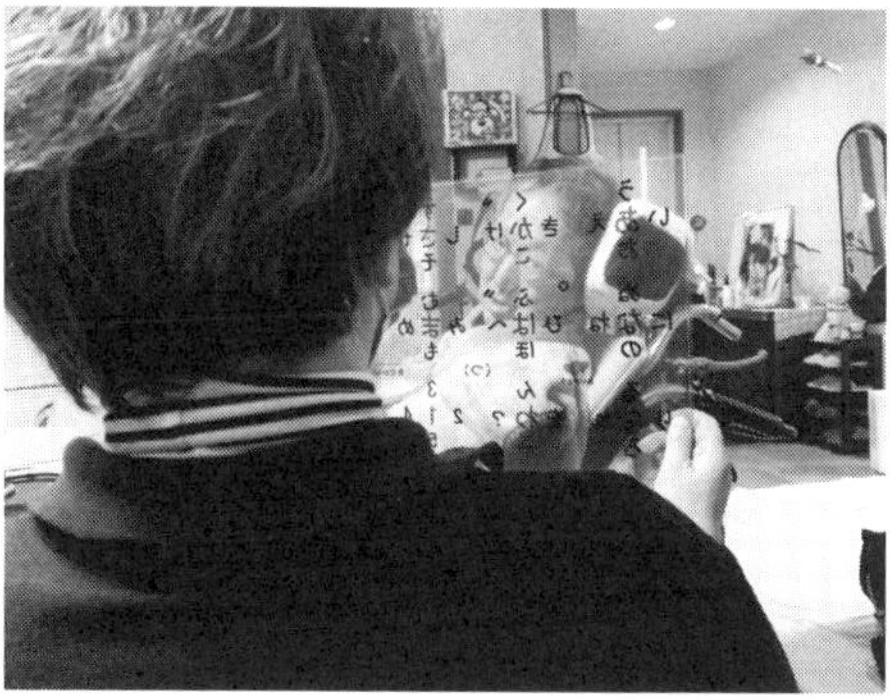

ヘルパーさんと文字盤で会話

これは、透明文字盤によるコミュニケーションの風景です。ＡＬＳでは眼球運動だけは最後まで残ると言われています。そこで透明文字盤が重要となります。日常生活でパソコンが使えない状況はよくあります。透明文字盤はＡＬＳケアには必須アイテムです。読み取りが早い人は神技のようです。

透明文字盤を挟んで視線を合わせるのですが、これほど真面目に他人の目を見る機会はありません。よく見るのは（もしも読み取れなかったらどうしよう）という焦りの目です。

ある支援者の手記にこう書かれていました。

「透明文字盤を挟んで、ＡＬＳ患者さんの瞳を追う。ひらがな五十音のどの字か、目線を合わせ、一文字ずつ声に出す。文字盤で患者の意思を汲むことを『文字盤を取る』というが、わたしはこれが苦手だ。『く？　け？　隣の行かな。せ？　ですか。』焦ると文の初めのほうを忘れてしまう。瞳が合って文字がわかると、その人の深いところとつながれた気になるが、迷うと、瞳の向こうに苛立ちを感じ、心がつながらない気さえして、まごまごしてしまう。」

私は足先でスイッチが押せるので、多くのケアスタッフも私自身もコミュニケーションをパソコンに頼ってしまいます。でも、トイレやお風呂などパソコンが使えない場面はいくらでもあります。

たとえば、スイッチの位置を調整するのはミリ単位です。マークはあります。車椅子をその位置にセットさえすれば、理屈ではちゃんとスイッチが押せるはずです。でも、実際は全く押せないこともあります。

最近も久しぶりに入ったケアスタッフＴさんがスイッチの位置を決めるのに、いつもなら十秒ですむところに三十分以上かかりました。文字盤を使って「もう少し右。もう少し前。あっ、行き過ぎた」　私もＴさんも疲れ果てていました。文字盤の向こうに見える瞳もうつろです。でも、妥協したら次のケアスタッフが来るまでの数時間はパソコンが使えません。何とか押せる位置につけられたら、大急ぎで次の訪問へと向かって行きました。あとでベテランのスタッフからTさんの心情を聞きました。「途中から頭が真っ白になって混乱して、西村さんにいじめられていると思った」のだそうです。丸一日をかけてTさんに手紙を書き、誤解を解くようにしました。

でも、Tさんは私の担当から外れて、新しいスタッフが研修しています。ひとりでケアに入れるまでに一か月かかります。時間をかけて技術と信頼関係を築いても、壊れるのは簡単です。それでも人の支え、人との密な関係は生きるために必要です。

コミュニケーションの難しさをもう一つ。それはニュアンスや表情といった言葉にプラスアルファされるものです。先の支援者の手記に、こうあります。

「文字盤はひらがなの連鎖で、ＡＬＳ患者は表情もコントロールできないことがある。関西弁で親しみを込めての『あほちゃうか』のような、微妙なニュアンスは伝わりにくい。そしてヘルパーと衝突したときの『でてけ』という言葉。ヘルパーが文字盤で一文字ずつ、声に出し、自分への批判を読み取るのは、きつい。ヘルパー全体への不信に増幅すると、文字盤はときに『しにたい』になったりした。わたしたち支援者は、Ｓさんが病院に行くくらいならここで死ぬと常々語っていたから、『しにたい』を死の自己決定とは受けとめなかったし、望むケアが伝わらない、もどかしさの形容詞と感じていた。」

文字盤を含めてコミュニケーションの難しさを知っていただいたうえで本題に入ります。事件の核心に迫る手がかりとなるのは、ＳＮＳに残されたＨさんの言葉や新聞報道やネットでの情報と私の経験知です。

患者会のメッセージ

事件が近隣の京都で起きたこともあり、取材が患者会に殺到しました。近畿ブロック患者会は活発な活動でよく知られています。患者会の目的は「生きる」を支えることです。「私たちの団体には、彼女のように生きることに迷う人たちがたくさんいます。そういう人を前にして苦悩する家族や支援者もいます。生きることよりも、そうじゃない方が楽なのかもしれないと傾きそうになりながら、必死に生きています。彼女を死に追いやった医師を私は許せません。私たちが生きることや私たちが直面している問題や苦悩を、尊厳死や安楽死という形では解決できません。生きてほしい、生きようと当たり前に言い合える社会が必要」（増田会長）。

ただ安楽死を望んでいたＨさんは患者会に積極的には参加しなかったようです。私も含めて患者会は、「生きていれば、こんなに楽しいことがあるよ」のようなメッセージを発してきました。元気な姿に励まされる人もいれば、Ｈさんのように避ける人もいます。七対三くらいで避ける人のほうが多い反面、ＳＮＳでは活発なやりとりがなされています。

ＡＬＳを含めた神経難病のサイトには一万人を超える会員がいて、活発な書き込みがあります。中にはＳＮＳが生きがい、社会との唯一のつながりという人もいます。確かにやりとりをしていると、これに没入します。

ＡＬＳという病気の特徴

この病気の最大の特徴は　筋肉だけが冒されて、感覚、自律神経と頭脳は何ら冒されることがないことです。治療法はなく、平均余命は五年とされています。ただ、病気の進み方は個別性が高く、発病一年未満で呼吸不全を起こす人もいれば、私のように二十年以上たった今も呼吸機能が維持されている人もいます。

「全身麻痺」「呼吸不全」「コミュニケーション不全」「治療法なし」等々、ないない尽くしなのに、感覚や知的な面では正常なままです。これは何を意味するのでしょうか。「崩れていく自分を目の当たりにする」ということです。ＡＬＳ患者が必ず通る道です。

私の日記には、こうあります。

「○月×日　軽いスプーンさえも口まで運べない。これからどうすればいいのか」

「○月×日　本のページをめくるのに、一時間もかかる。読書もあきらめる」

できなくなったこと、トイレの失敗、転んだことばかりが書かれています。車の運転をあきらめ、歩くこと、話すこと等々、あきらめの連続です。繰り返される喪失体験が自分の価値を崩していくのです。

この筆舌に尽くせない苦しみが何年も続いていきます。私が発病した二十四年前はネットがいまだ普及しておらず、情報はもっぱら活字でした。一般的な医学書には必ずALSが「悪魔の病気」であると書かれていました。それは、この喪失体験からつけられたようです。考えてみれば、ひどい話です。

HさんはALSについてSNSにこんな投稿をしています。

「何故安楽死を望むのか、身体がどういった感じなのか、病気が治癒するのか、進行するのか、はっきり明記する必要はあるけども……」

「自分の一生を決めるのは自分だと思う」

「安楽死がダメだと言う人は一週間だけでもALSになってみたらどうかと思う。意識はしっかりしていて、だんだんと筋肉が動かなくなる。触覚は残るから、痒くなっても自分でかけない。体勢が苦しくてもなかなか意思を訴えられない。呼吸筋も弱まり、息も苦しい。本当に苦しくて残酷でつらい病。もちろん最後まで生きようと頑張ることもすごいと思うが、頑張れない人には尊厳死を認めてあげてほしい」

Hさんの事件の幾つかの特異性

今でも事件が社会の関心を呼ぶのは、いくつかの特異性にあります。過去に安楽死をめぐるいくつかの事件は、病院内で主治医の手で実施されました。ところが、この事件では、無関係な医師が、末期ではない患者の自宅で致死量の投薬によって死亡させました。まったく不可解な事件です。謎を解くために三つの視点で考えていきます。

(1) 二十四時間介護
(2) 二人の医師との関係
(3) 安楽死への強い願望

(1) 二十四時間介護

最初にHさんの生活を見ていきます。Hさんは二〇一一年、四十三歳で発症しました。アメリカへの留学経験もあり、設計事務所で働いていました。告知を受けて、父親は同居を勧めますが、Hさんはひとりで生活する道を選びます。

やがて、二〇〇六年から始まった、二十四時間の国のサービス「重度訪問介護」を受けるようになりますが、これはエベレストを登るような険しい道のりです。何度も市役所や事業所と交渉するなかで疲れはてて、断念する人を私もたくさん見てきました。無言の圧力としていつも感じるのは、「あなたはこれだけの税金を使ってでも生きたいのですか」ということです。

私も今、重度訪問介護を市役所に申請しています。まずつまずくのは、知名度の低さと解釈のばらつきです。福祉サービスは自助努力と家族を基本にしています。今も主たる介護の担い手は家族が圧倒的です。ところが、介護が苦手な家族は多いのです。雅代も苦手です。

ＡＬＳ患者会のリーダーとして各種制度を整えてきた橋本みさおさんは、「夫に介護を任せたら死ぬな」と思い、離婚しました。そして、まだ介護保険も医療助成もない時代に命がけで制度を作ってきました。制度が整う前の患者は、家族の介護か国立病院への入院か、死ぬかしかありませんでした。橋本さんは支援者を募り、ＮＰＯ法人「さくら会」をつくり、今も積極的に発言しています。

この制度は生活保護と同じく、市区町村から積極的に利用を勧められることはありません。市区町村役場の職員にすら、その制度の存在が知られていないこともあります。知っている人にしか使えない公的サービス。それが重度訪問介護の実態です。

しかし重度訪問介護は、障がい者にとって介護保険よりも格段に使い勝手が良く、たとえば子どもの世話は介護保険のヘルパーには頼めませんが、この制度であれば一定の条件を満たせば認められます。人工呼吸器を付けた重度障がい者も、この制度を使えばひとり暮らしができます。利用時間をめぐっては過去に裁判となったこともありました。

ところが、ネットで調べてみると、重度訪問介護でできないことが細かく書かれています。たとえば、買い物に行けても、酒やたばこ、お菓子は買えない、銀行へは行けない、等々。笑ってしまいます。とても窮屈に思ってしまいますが、実際は患者のニーズに応じてくれます。大切なのは強い意志です。

Hさんが二十四時間の訪問介護を成り立たせたことからは、「生への強い願望」が見て取れます。確かに発病当初は「生きたい」と「死にたい」がせめぎ合っていたはずです。それがなぜ、ここに至って「死」に傾斜したのでしょうか。

発病から二年目の二〇一三年から、介護保険の不足分を補う形で重度訪問介護を利用して生活を始めました。最初は三事業所、四時間くらいから、病気の進み具合に応じて介護スタッフが増えていき、一八年には十七事業所から一日あたり三十人のスタッフがHさんの命を支えました。
まず驚くのは事業所の多さです。私は五事業所を使っていますが、それぞれの契約内容が違います。出張費や雨の日加算等々、お金のことだけでもかなり複雑ですが、マネージメントとなると、朝九時から夕方五時までの私の場合も大変なのに、これが十七事業所になるととても無理です。
事業所が増えた理由は明白です。Hさんに必要な痰吸引などの医療的ケアは、一歩間違えば、死亡につながります。関係者によると、「長時間のケアはヘルパーの負担が大きい」として撤退する事業所もあったといいます。特に負担の大きい夜間帯は一時間と短くして、複数の事業所で分けるから十七にも膨らんだと考えられます。Hさんはブログにこう書いています。
「万年のヘルパー探しはかなりのストレス
いつ穴が空くか分からない不安にいつもさいなまれている
人の手を借りないと指一本動かせない自分がみじめでたまらなくなる」(二〇一八年六月)
ALS患者の介護はとても難しいとされています。ミリ単位の介護を患者とコミュニケーションを取りながら行うことが大切です。手の位置や指先まで配慮した介護が不可欠です。基本は長い時間、何年もかけて信頼関係を築くことです。

患者同士のＳＮＳで一番盛り上がるのは、介護への愚痴です。Ｈさんのツイッターでも患者からの愚痴に、「看護師さんにも多いんだよね。幼児に話しかけてるの？と思う」と反応しています（二〇一八年五月）。

またＨさんは同性の介護を希望しますが、数年後には男性スタッフも入るようになります。林さんにとって、男性にトイレ介助をしてもらうのがどれほどつらくて、プライドを傷つけられたかは容易に想像できます。立命館大学の客員研究員で、ＡＬＳの母親のためにヘルパー事業所を立ち上げた川口有美子さんは、「全介助で細かな指示が必要となるＡＬＳ患者にとって、慣れたヘルパーと長時間過ごせる安心感は大きい。頻繁に入れ替わることは負担になったのでは」と話しています。

ここで強調したいのは、どんなケアを受けたいのかを説明するのは患者自身であるということです。ケアスタッフは引き継ぎをしますが、人が替わればケアの仕方は変わります。人には個性があります。たとえば、歯磨き。丁寧に歯間ブラシを使う人もいれば、「私、苦手なの」というオーラを発する人もいます。そこで苦手な人に対して、「まあ、いいか、我慢しよう」となると、積もり積もった不満からＳＮＳで愚痴をこぼすようになるのです。それはそれで楽しいかもしれませんが、嫌なケアを受ければストレスになります。

それともう一つ、ケアを受けるほうは感覚を頼りにしています。見た目には全く同じ座り方でも、ある日は痛みもなく快適に座れていたのに、ある日にはお尻や背中に痛みが走ります。何がどう違うか。本人でもわかりません。ましてや、透明文字盤で説明するとなれば、「いたい」としか言えません。

ケアスタッフは患者の感覚の世界を信頼して、ケアできるかどうかです。

「ケアの割合に比例してケアの質や信頼関係の重要性が増加してQOLに直結する」

この私の仮説には自信があります。事件直前のHさんの書き込みに、こうあります。

「六十五歳ヘルパー。体ボロボロなのは私のトイレ介助のせいなんだと責める。施設行きになる。あそこに入ったら殺されると脅される。むかついてもやめろと言えない。代わりがいないから、惨めだ」(二〇一九年十一月)

京都新聞の取材に介護チームは答えています。「介護チームはHさんと話し合いを重ね、最適なケアのあり方について模索。ベッドのそばでクラシック音楽を生演奏したり、動物好きのHさんのために猫や犬を連れてきたりした」と言い、「彼女が生きるためにできることは何か、歯車を合わせる作業をずっと繰り返してきた」と振り返ります。そして、「Hさん自身、治療に前向きな姿勢を見せていた。インターネットを使って最新の薬などを調べ、主治医に相談をもちかけることもあった」といい、「生きるためにいろんな努力をしていた」と強調しています。一方で、「病状が進めば進むほど、死を思う時間は増えていったのだろう」と打ち明けます。胃ろうからの栄養摂取をやめて安楽死したいと訴えられたこともあったが、日本では安楽死が法的に認められないことなどを伝え、思いとどまるよう説得したといいます。ＨさんがＳＮＳで安楽死について情報交換していることは、知人を介して耳にしていたが、嘱託殺人事件に至るとは想像もしていなかったといいます。「いまだに信じられない。二十四時間ヘルパーがいるなかでこんなことをするなんて。言葉も出ない」と述べ、苦渋の表情を浮かべたということです。

皆さんは、ケアスタッフとＨさんのすれ違いをどう考えますか。だれもＨさんが死ぬことへの強い願望に気がついていなかったとしたら、それはなぜでしょうか。

前にも触れましたが、「重度訪問介護」を利用して二十四時間の介護を成立させたことは、「生きたい」というメッセージです。当然ながら死ぬことは想定外、あるいはタブー視していたかもしれません。それに、介護スタッフは決まった仕事を決まった時間内にしないといけません。ルーティンワークの中でどれだけＨさんに向き合えたでしょうか。そもそも人と向き合うとはどういうことでしょうか。

(2) 二人の医師との関係

ここからは事件を起こした医師に視点を変えます。

Hさんと二人の医師との関係が不気味です。現時点では医師の供述はなくて、謎も多くあります。たとえば、なぜHさんが面識もない二人を信じて依頼したのでしょうか。そもそも、嘱託殺人の対価として支払われた百三十万円（八十万と五十万）は安すぎます。確かに医師は延命治療に疑問をもっていたようですが、それとこの事件は次元が違います。

京都新聞によると、HさんとO医師との初めての接点は会員制のSNSで、事件が起きる一年前の二〇一八年十二月です。Hさんが「私たち神経難病の患者も壊れていく体と心、来るべき死の苦しみの恐怖と日々戦っています。紙一重を超えるには何が必要なのでしょう？」と記します。するとO医師が一週間ほど後、安楽死に触れて、「作業はシンプルです。訴追されないならお手伝いしたいのですが」と水を向け、やりとりはエスカレートしていきます。身体を弱らせる方法、死ぬための計画等々、具体的な助言を重ねていくうちに、Hさんは医師への信頼を深めていきます。でもHさんの周辺には主治医をはじめとして大勢の医療スタッフがいました。医療スタッフは「命を守る」の大原則で動いています。

二〇一九年九月、Hさんは胃ろう（口からの栄養摂取が困難な場合、腹部に小さな穴をあけ、胃に直接栄養を入れるもの）からの栄養を減らして死のうとしました。でも、しばらくすると栄養は元に戻されます。

「胃ろう……つくらなきゃ良かった……つくらないという選択を選べるなら、使わない

という選択はできないのか……⁉」（二〇一九年八月）

「主治医との話し合い、胃ろうからの飲食拒否は自殺幇助にあたるからできないと言う。ならば一切の支援を断って窒息死（吸引できないから）すると言ったらそれもダメ。いったい私の人生の権利は何がある？　結局摂取カロリーを六〇〇に減らして蛇の生殺しみたく、弱まり死ぬのを待つだけ。怒りしかない」（二〇一九年九月）

「あの日も私は明らかに死ぬために栄養を減らしたいと言ったはずです。胃の調子云々という説明は先生から受けた覚えがありません。話が嚙み合っていませんね。それともすり替えられてるのでしょうか？」

このように主治医への不信感を募らせていきます。

同じ時期、患者仲間に送ったメールに、こうあります。

「私がどれほどつらくて悔やしいかを聞いてほしいの！　でもやっぱり患者にしか分からない。みんな自分のことで忙しいし」

主治医への不信感と反比例してＯ医師への信頼を深めていきます。Ｏ医師は二〇一九年八月には、「なんなら当院にうつりますか？　自然な最期まで導きますが」と決断を迫ります。Ｈさんは、「ありがとうございます。決意したらよろしくお願いします」と答えます。そしてこう記します。「生きるを大原則にした医療に押しつぶされた叫びを、（表面的には）受け入れ、共感してくれた。」

ＳＮＳは顔と顔を突き合わせる実生活と大きく異なり、ある意味では無責任でいられます。一方では、会ったこともない人に感情移入していくこともあります。

(3) 安楽死への強い願望

三つめの視点、安楽死への強い願望を見ていきます。

障がいが重度化して、死ぬ権利も無視されたＨさんの気持ちは安楽死へと向かいます。ブログにこうあります。

「発病初期のころ『自分はもはやなんの生産性もなく、税金を食い潰しているだけの人間だから死にたい』と、主治医に詰め寄ったことがある」（二〇一八年六月）

ただ、ＡＬＳ患者の七割以上は呼吸器の装着を拒否して、鎮静剤などを用いた消極的安楽死にはだれも疑問はもちません。それどころか、患者が呼吸器を希望しているにもかかわらず、それを拒否する医師がたくさんいます。

「消極的な尊厳死」

１　ケアなどで家族に負担や迷惑をかけたくない。
２　障がいをもつことを受け入れられない。
３　生きる意味や価値を見いだせない。
語尾に「ない」ばかりがつくので、私は「消極的尊厳死」と勝手に名づけました。治らない、余命宣告を受けることはショックなことです。発病直後の患者へのアンケートではほぼ一〇〇％、延命医療（生命維持装置）を望まないと答えています。

私も望みませんでした。それはなぜでしょうか。動けている「今」の自分の想像の枠から外れて、暗闇しか見えないからです。それに加えて、厳しい現実が突きつけられるのです。

Ｈさんは呼吸不全を起こしていません。指先で測定する呼吸状態の重要な指標ｓｐｏ２も九五％で正常値でした。けれども、私を含めて患者が苦しむことの多くは数値には現れないのです。医師は数値を見て、安楽死の要件（１耐えがたい肉体的苦痛。２苦痛を取り除く手段がない。３末期である。４患者の明確な意思表示）を満たしていないとして通常の医療を提供します。

Ｈさんは使命感をもって安楽死に取り組みましたが、そのツールがＳＮＳでした。介護の間を縫って視線で入力するのは確かにたいへんな労力です。

「SNSを始めるころには、やはり自分の希望を諦めきれず、自分のように安楽死を願っている患者さんの道筋をつくりたいと思うようになった。今はまだ毒を吐くことしかできてないけれど」（二〇一八年六月）

「海外では安楽死の権利を求める裁判も患者が起こしていますが、日本ではそういう形の裁判は起こせないと知りました。どうすれば議論を公の場に引き出すことができるのでしょう？『願い』というより『怒り』を感じます」（二〇一八年十二月）

自身の「安楽死」を望む理由を、こう説明していました。

「私はこんな身体で生きる意味はないと思っています。日々の精神・身体的苦痛を考えると、窒息死を待つだけなんてナンセンスです。これ以上の苦痛を待つ前に早く終わらせてしまいたい」（二〇一九年四月）

その一方で、こんなツイートもあります。

「私達のように体は目だけしか動かず、話すことも食べることもできず呼吸苦と戦い、寝たきりで窒息する日を待つだけの病人にとって、安楽死は心の安堵と今日を生きる希望を与えてくれます」（二〇一九年一月）

安楽死が制度として認められることが、逆説的に生きる希望につながる、という趣旨の投稿はほかにも散見されます。

「(安楽死が認められて)『どうしようもなくなれば楽になれる』と思えれば、先に待っている『恐怖』に毎日怯えて過ごす日々から解放されて、今日一日、今この瞬間を頑張って生きることに集中できる。『生きる』ための『安楽死』なのだ。確実に患者の精神的な意味でのＱＯＬは上がるだろう」(二〇一八年五月)

評論家の江川紹子さんはこう言っています。

「ツイートやブログを読む限り、Ｈさんは最後まで精神的に自立した日々を送っていた。『安楽死』を望んではいたが、それは自分の生を主体的に生きることの延長線にあり、背景には『心の安堵と今日を生きる希望』を切望する思いもあった」「死に方を考えることは生き方を考えることと一緒なんだ」(二〇一八年十二月)

「安楽死」が認められ、先々への「恐怖」がなくなれば、Ｈさんはもう少し生きようという気持ちになれたのでしょうか。

私のこと

しばらく事件から離れて、私の話をさせてください。前にお話ししたことの繰り返しになりますが、お許しください。

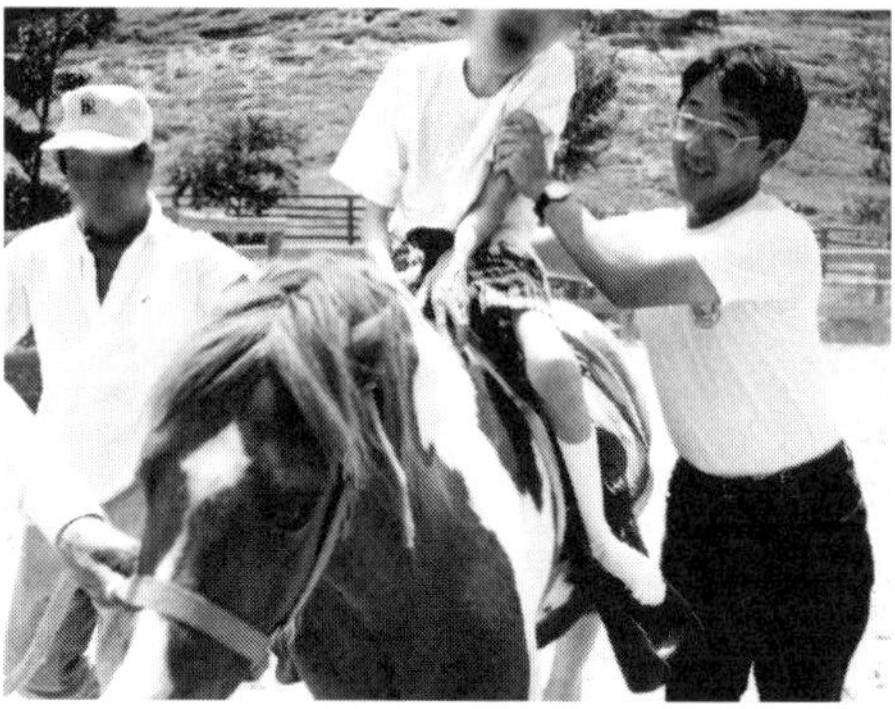

私は社会福祉事業の草分け的な法人「聖隷福祉事業団」で働いていました。

最初に赴任したのは、兵庫県北部の朝来市の施設でした。天空の城で有名な竹田城跡を毎日見ていました。上の写真は、近くの牧場での乗馬（正式には感覚統合訓練といいます）をしているところです。

Yさんは重い脳性マヒで車いすに座るのにも大変でした。ましてや、乗馬なんて危ないし無理だと思いましたが、Yさんはグングン上達して周囲を驚かせました。写真を見てください。馬に乗るYさんは背筋が伸びて、堂々としています。人のもつ無限の可能性や人の尊厳とは何かを仕事を通じて考えていたと思います。

私は障がい者に関わる仕事が本当に好きでした。今はケアを受ける立場ですが、ヘルパーやナースの気持ち、技術面の悩みも理解できます。そういう意味からは仕事での経験は生きています。

私のもう一つの担当は言語訓練でした。失語症を含めて、かなりの人がコミュニケーション不全を抱えてイライラしたり、無表情になったりします。個室の中で四十五分間一対一で向き合うのは大変なことですが、入居者からすれば日常生活と違う、スタッフがしっかり向き合う貴重な時間だったと思います。指導してくれた先生はノンバーバルなコミュニケーションの大切さを強調していました。これは私の人生のテーマです。

発病は一九九七年、三十七歳の時です。九五年に起きた「阪神淡路大震災」の傷が町のあちこちにありました。九六年には三人目の子どもも生まれて、多忙な毎日でした。

告知はわざとＡＬＳの名前を伏せて、「アッパー・ニューロン病」と言われ、「治療法なし、全身麻痺、余命五年」が冷たく告げられました。告知から、最初の二、三年で体重は二十キロ以上減りました。お腹の脂肪や贅肉が落ちるならば喜ぶところですが、落ちていくのは腕や胸、肩などの生活に不可欠なものばかりでした。それに比例して、身体の自由が利かなくなりました。身体の中の微妙な変化は、そばにいる家族にもわからないほど小さなものなのですが、私にとってはその一つ一つが心を痛める大事件です。

どんどん萎縮する肉体、そして、宣告された「余命五年」も重たい足かせになりました。数字は魔物で、不思議な力があります。いい加減なことも適当に無理やり、数字にすると、学術的で客観的な事実に思えてくるのです。私もまんまとこの魔法にひっかかってしまいました。それからは時計の針を五年後、つまり自分の死、四十二歳から逆算して生活するようになりました。長女がやっと五年生。まだまだ私がしてやることはあります。それにしても五年はあまりにも短すぎます。

不思議で息の詰まるような濃密な時間の中を、アップアップしながら泳いでいました。いつも「死」の影におびえながら、モーレツな勢いで逆回転する時計をにらみつけていました。ひたひたと近づいてくる五年のリミット、日々味わう無力感が私を襲いました。

当時は新聞も死亡欄から読み始め、ニュースでも死亡という言葉に敏感になりました。それはあたかも世の中の「死」を磁石のように自分の死に引き寄せて重ね合わせるようでした。

「交通事故で○○さん、五十八歳が死亡」という一行からでも、家族の悲しみ、本人の無念さなど無限に読み込みます。もちろん、○○さんとの個人的な関係はありません。悲しむことは何もなくても、目の前の家事や、子どもと遊んでやること等々たくさんありました。でも、私は日常生活をしっかりと生きていませんでした。

限界まで張りつめた精神の糸が今にも切れそうな一番苦しい時、二〇〇〇年に生まれたのが三男の止揚です。止揚にはダウン症という先天的な障がいがありました。

私の中にももちろん変化がありました。父親として何ができるのか、寝てばかりの止揚をただただ何時間も見ていました。動くことのできるほかの家族はすぐに私の視界から消えてしまいます。でも、止揚は動かず、話さず。私は自分の姿と重ね合わせて見ていたのでしょう。

止揚が生まれて数か月がたったある日、雅代が私に一つの提案をしました。

「お願い。膝に止揚を寝かせてミルクをあげて。わたし、今、忙しいの」

「えっ、そんなことできるかな」

「できるわよ、工夫すれば」

オドオドビクビクしている私に、

「頼むわね。止揚を落とさないでね」

ずっしりと止揚が膝に乗ります。

もちろん、私の腕の力は鉛筆さえ持つのが不可能です。膝だけのバランスで止揚を支えます。皆さんが見られたら危なっかしくて見てはいられないでしょう。私を信じて止揚を膝の上に乗せてくれた雅代もたいしたものです。

はじめのうちは、「えー、そんな無茶だよ」と思いましたが 忙しく働く雅代を見ていると、せめて数分ぐらいはなんとか頑張るつもりでした。止揚が膝に寝かされた瞬間から、「もしも泣き出したらどうしよう。もしも落としたら大変だ。もしも、もしも」と、たくさんの不安が気持ちを支配します。

「よし、五分したら、雅代を呼ぼう」時計をにらみながら、必死にミルクを飲ませました。私には長い五分でも、忙しく動く人には短いものでしょう。五分が過ぎ、十分、十五分と過ぎるうちに、不安定な膝の上で、かすかな寝息をたてて、気持ち良さそうに寝ている止揚に気がつきました。

ずっしりと重たい止揚の鼓動、ぬくもり、そして彼の未来を確かに感じていました。にらみつけていた時計がすーうと消えて、温かなものに包まれました。身体の奥深くから込み上げてくる熱いものが、凍りついた世界を溶かします。私が初めて感じた存在の重みです。そしていつのまにか、何か大きなものに抱かれて寝ている私がいました。私はそれが「神さま」だと感じていますが、人によっては「宇宙」や「自然」でも構いません。大切なのは、自分を超える大きなものを感じることです。

この安心感を得てから、日常の風景が全く違って見えました。

それまでは、自分の病気や悲劇ばかりを見ていました。自分の殻の小さな穴からのぞいた風景は色がなく、ひどくよそよそしく、自分との関係がどんどん薄くなり、離れていきます。五年で死ぬ。すべての関係は死をもって切れてしまうと頭で考えていました。でも、不安定な腕の中に眠る止揚と一緒に温かいものに包まれ、深くつながりました。

この奇跡と思える体験を生み出す大切なキーポイントがあります。夜中にうなされたり、急に泣き出したりする私の一番身近にいた雅代は、私のことを病人扱いしたり悲劇の主人公扱いしたりもしませんでした。父親、パートナーとして、そして尊厳ある人として扱ってくれました。それは理屈でできることではありません。そして、結果として私は、一見「冷たい、厳しい」日常の中で豊かに生きています。

私の「存在を実感した」体験はほんの数秒の出来事ですが、心の奥深いところで、静かに熟成し、今も発酵し続けています。少し言い方を変えると、「この一瞬に出会うために今まで生きてきた」と確信しています。

私の感じた「存在の重み」とは何でしょうか。一つの断面から説明しましょう。

Doing と Having と Being

Doing——人を見るときは、まず行動を見ます。これは社会では圧倒的な価値や評価を生むし、自己評価につながります。
Having——持つことは財産や経験などです。これも社会で広く共有されます。高級品を身に着けると、自信につながります。
Being——注目したいのは、そこにいる、あることの大切さです。これは尊厳の世界、感覚、ぬくもりの世界です。これは芸術の世界にたとえられます。絵はそこにあるだけで、何か特別な役に立つということはありません。空腹を満たすこともありません。ところが、ある人には人生を変えるほどの衝撃を与えます。

これは感受性の問題ですが、私や多くのＡＬＳ患者はこのBeing「ある」の世界に生きていて、感受性や想像力を駆使して、「喪失した自尊心」を作っていきます。

岩手保健医療大学の学長を務められた清水哲郎さんは二十年来、ＡＬＳ患者との交流を通してＱＯＬが保たれる理由をこう説明しています。

「健康な人の価値観を保ったままではとても耐えられない状況、生活ですが、ＡＬＳ患者は症状の進行とともに、現実に様々な喪失を経験しており、徐々にそういう状況にどう対処するかの知恵を得てきています。失ったもの、価値、機能を補おうとする力がＡＬＳ患者のエネルギーになります。自分自身の内的世界を創って、そこでの精神的生活が占める割合が、通常の人より大きくなっているようです。」

ここで言われている内的世界、精神的生活とは何でしょうか。どんなイメージでしょうか。狭い個室に閉じこもって、健康な自分を妄想することでしょうか。私の経験からすれば、人は社会に大きく開かれていないと、自家中毒、窒息してしまいます。そもそも自尊心や生きる意味は、周りの社会との関係で生まれてくるものなのです。

生きる意味の模索

Hさんも「喪失した自尊心、生きる意味」を模索していたことがブログからうかがえます。

「自分では何ひとつ自分のこともできず、私はいったい何をもって自分という人間の個を守っているんだろう?」

自分へのこの問いかけに、こう答えています。

「それは、人とのコミュニケーションによって守られているに違いない。ブログやツイッターで発信することもそうだ」(二〇一九年三月二十八日)

Hさんがツイッターやブログで発信を始めたのは、二〇一八年です。ヘルパーを介して言語によるコミュニケーションが困難な、ある脳性麻痺の女性とやりとりしたことがきっかけだったようです。

「ちょうどそのころ、安楽死への希望に諦めかけていて、死ねないのなら何か人の役に立てないだろうか?と思うようになった。通信手段もあるし、彼女のように意思伝達手段をもたない人たちの代弁者になって、不平不満を吐きまくりどこかでだれかが『わかる！』と喜んでくれたら良いな、同時にみんなが何かしらの意思伝達手段をもてるようになるべきだと思った」

実際に、安楽死や「死にたい」のハッシュタグにはよく返信しています。「死にたいのなら、まだ身体に自分で死ぬ力が残ってるうちに実行しないと、私みたいにいざ決行しようとした時には、もうそれだけの力が残ってなくて失敗するよ、と。実際自分は死ねずにとても悔しい思いをした。（中略）だからといって、その人に『今のうちに自殺したほうが良いよ』と言う気にはなれない。自分以外の命のほうが重く感じてしまう。他人の『死』を考えるのって難しいな」（二〇一八年五月）

Hさんの SNS を通しての言葉に独特な力があるのは、頭の中で何度も何度も文章、言葉を選び直しているからです。私もそうです。

資料として配布した「我流のケアスタッフとの向き合い方」の一文は患者会の会報に寄稿したものです（本書一〇四頁以下を参照）。介護をする側に人の関心は集まります。たとえば、外出先で汗を流して車椅子を押しているときに、「大変ね」と声をかけられるのはいつもヘルパーのほうです。患者のほうはただチョコンと車椅子に乗っているだけだからです。でも、介護を受けるほうも、かなりの忍耐と努力、工夫が必要なのです。このことを軽く見ると、生活が実際に成り立ちません。

会報で言いたかったのは、介護スタッフにも個性があり、中にはビックリするような人もいるということです。「とりあえず、その人にメッセージを書きましょう。相手の理解力、個性に合わせて、それはちょうどラブレターを書くように。そのようにコミュニケーションを重ねていくうちに嫌だった人も好きになります」と書きましたが、驚くべき楽観論だと自分でも思います。それでも実際に今もせっせとかなりの労力を費やして、ラブレターを書いています。そうやって今の生活を成り立たせています。

生と死のはざま

「病気により緊急事態になった場合、人工呼吸器の装着を拒否します。なお、気管内挿管・気管切開・酸素マスク等一時的な呼吸補助の緊急処置については拒否するものではありません」

これはＨさんのベッドの壁に貼られた意思確認書です。これを毎日見ながらのケアはつらいものがあります。

長年独居のＡＬＳ患者の二十四時間ケアの支援経験がある京都新聞の岡本晃明記者はこの事件について、積極的に発信をしています。

「同僚記者から『これって矛盾していませんか？　安楽死を希望しているのに、気管切開などの救命処置を拒否しないのが分からない』と尋ねられた。わたしは矛盾とまったく感じていなかったので、逆に驚いた。数年先か、もっと先かもしれない呼吸不全になるころに人工呼吸器を拒否し死のうと決意したとしても、自発呼吸がある段階でALS患者は、今日ただちに死にたいのではない。救急車を呼ぶこともある。毎日何十回、いつあるか分からない『たん吸引』のサインに介助者が気づかなければ、窒息死する。安心して医療的ケアを任せられる介助者とともに今日明日の生活を歩むために、出会ったALS患者さんはみな心を配っていた。将来を憂い、生死の選択に苦悩するのは別のことだ」（二〇二一年三月十五日）

Hさんの描いたゴールとはどんなものでしょうか。確かに言えることは、わずか十五分の間に無言で、胃ろうからあっという間に致死量の薬剤を入れるものではなかったということです。

Hさんが見た二〇一九年六月に放送されたNHK特集『彼女は安楽死を選んだ』を私も見ました。家族に見守られて、自分の手で点滴を落とし始める映像は印象的でした。

Hさんは真剣にスイス行きを考えていました。ある意味では理想のゴールを重ね合わせたようです。費用や移動手段、それに移動を手伝ってくれる付添人が自殺幇助などの罪に問われないかを気にしていたようで、結局は断念しました。この理想と現実の差には悲しいものがあります。

ACPについて

ＡＬＳ患者で医師の竹田主子《たけだきみこ》さんはこのＮＨＫの番組について、次のように語ります。

「お叱りを受けるのを承知で申し上げますが、正直なところ、私は、『彼女が安楽死を選ばないようにできる手を尽くさなかったのか』と冷めた目で番組を見ていました。適切なＡＣＰ（アドバンス・ケア・プランニング）が行われていれば、少なくともあの時点で死に急ぐ必要はなく、『もしかしたら前向きに生きて、何年も社会で活躍していたかもしれないのに……』と残念に思いました。」

「美しく演出されていた死と対比させたいのか、入院していた同病の患者が可哀想な感じに描かれていました。私にはこの番組が何を伝えたいのか、さっぱりわかりませんでした。神経難病患者には『安楽死』か、『かわいそうに生きる』かの二択しかないわけではありませんから。」

「そもそも、ＡＣＰの究極の目的は何でしょうか。ＤＮＡＲ（延命措置拒否）の言質を取ることなのでしょうか。医療者から見ると、それも最終的には必要かもしれません。しかし、ACPのポイントは『その（DNARの）選択』をした背景を知り、死にたいほどの精神的、肉体的な苦痛を取る方法を多職種で考えることなのだと考えます。」

日本医師会の定義によれば、ACPは、将来の変化に備え、将来の医療およびケアについて、本人を主体に、そのご家族や近しい人、医療・ケアチームが、繰り返し話し合いを行い、本人による意思決定を支援するプロセスということです。

今の方向性は、これとはまったく正反対の、いかに死ぬかに突き進んでいる気がします。

「何かになれなくても、わたしたちには生きる意味があるのよ」

私には、Hさんと、皆さんと共有したい世界観があります。Hさんが味わった息苦しさにもがき苦しむ不安を私や多くの患者がもちますが、そのほとんどは精神的、私はもっと深いスピリチュアルに起因しています。つまりはALSによって木端微塵に砕けた「生きる意味や価値、目的」を作り直す作業ということです。

ご紹介したいのは樹木希林さん主演の映画『あん』（二〇一五年）です。河瀬直美監督の映画で、原作はドリアン助川さんの同名小説です。「あることがキッカケで刑務所暮らしを経験し、どら焼き屋の雇われ店長として日々を過ごしていた千太郎。ある日、店で働くことを懇願する高齢の女性、徳江が現れ、彼女が作る粒あんの美味しさが評判を呼んで、店は繁盛していく。しかし、徳江がかつてハンセン病を患っていたという噂が流れたことで客足が遠のいてしまい、千太郎は徳江を辞めさせなければならなくなる。おとなしく店を去った徳江だったが、彼女のことが気にかかる千太郎は、徳江と心を通わせていた近所の女子中学生ワカナとともに、徳江の足跡をたどる」といったあらすじです。

ここで見えてくるのは徳江の世界観です。あんの作り方を教えるときに、徳江は言います。

「言葉をもたないものたちの言葉に耳を澄ますこと。私はそれを『聞く』と呼んでいます。小豆《あずき》の顔色をよく見ること。小豆の言葉を受け入れてあげること。たとえばそれは、小豆を見てきた雨の日や晴れの日を想像することです。どんなふうに吹かれて小豆がやってきたのか、旅の話を聞いてあげることです。この世にあるものすべて

は言葉をもっていると私は信じています」

そして遺言で、

「わたしたちはこの世を見るために、聞くために生まれてきた。この世の中はただそれだけを望んでいた。だとすれば、何かになれなくても、わたしたちには生きる意味があるのよ」

と締めくくります。

原作者のドリアン助川さんは朝日新聞の取材を受けてこう答えます。「時には社会に役立たなければという意識から解き放たれて、鳥を数えた一日や、星が見えたことが最高だね、と思えることに価値を置く社会であれば、こうしたことが天からの祝福だと彼女（Hさん）がおもえていたなら。彼女の気持ちも違っていたかもしれません。（中略）体の力が失われることに恐れを抱く難病の人に、社会でできることが減ったとしても、感受できる世界は減らない」（朝日新聞、二〇二〇年九月九日）として、「積極的感受」と命名しています。

これは、私が止揚を抱いたときに感じた存在の重みと同じです。もしあのとき感受性がマイナスに向かえば、ただ恐怖しかありません。止揚をわざと落として、雅代に「だから無理だと言ったんだ」と泣き叫んでいたでしょうし、今とまったく違う風景を見ていたことでしょう。

この分かれ道がどこにあるのかはわかりません。福祉や医療が充実して、だれもがストレスなく介護を受けられても、Ｈさんが言うように、安楽死が合法化されたとしても、その先にどんな社会が思い浮かぶでしょうか。

ある日、普段は無口で淡々とリハビリをする理学療法士がポソリと言いました。

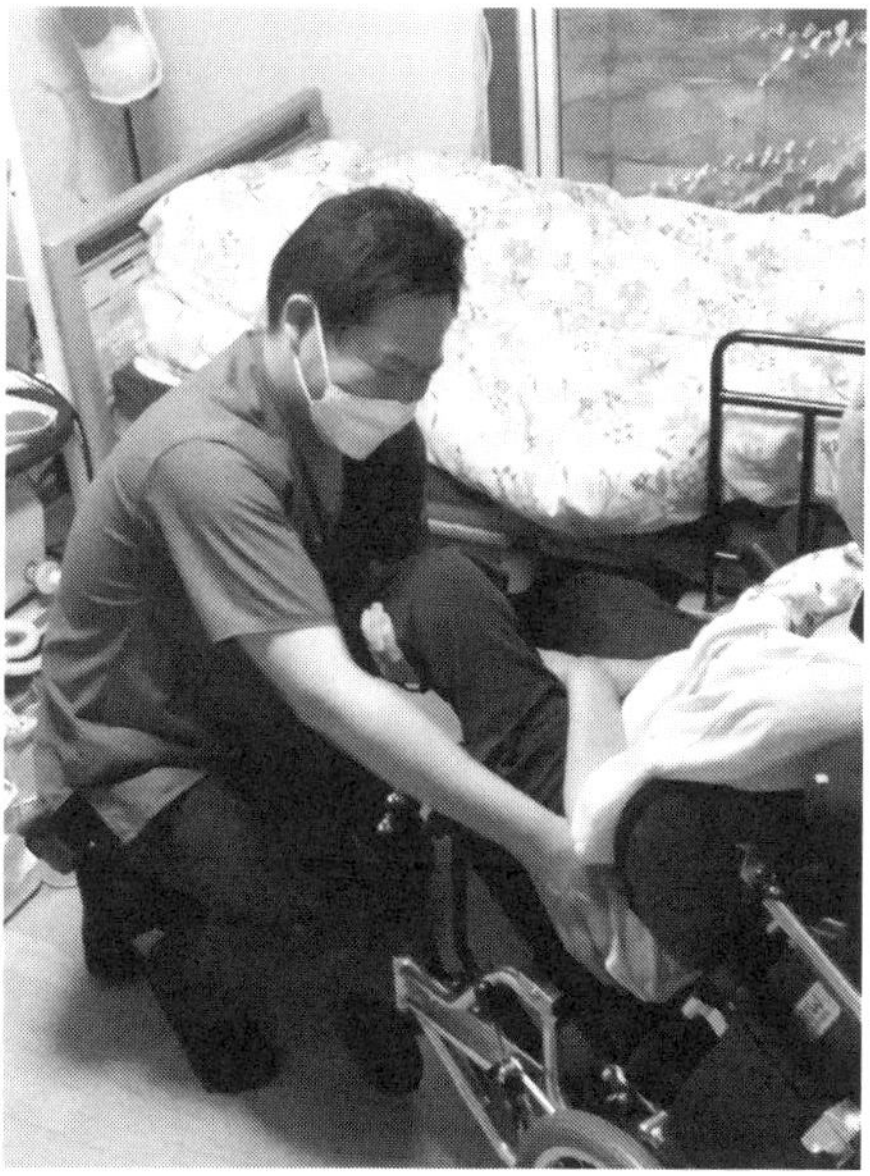

窓の外の蔦を見ながら、リハビリを受ける

「西村さんはこの蔦《つた》と話をしているんですね。楽しそうです。」

びっくりしました。この人にこんな素敵な感受性があることに。

蔦は毎日変化します。日光を浴びて、まぶしく輝いたり、風雨に耐えて必死に壁にしがみついたりと。私は動けないからこそ見える、聞こえる、感じる世界があり、それは多くの人と共有して実を結びます。決して苦しいだけではない

Hさんの世界を私も聞きたかったし、それを広くたくさんの人と共有していくことが社会に強いメッセージを残すのです。

まずは、皆さんの周りの物語に耳を澄ましてみませんか。

ご清聴ありがとうございました。

Ⅱ ケアを通しての人とのつながり

本章の「ＡＬＳが難病でなくなる日を目指して」は、二〇二二年七月二十九日に「ひょうごセルフヘルプ支援センター」主催の第一回オンラインセルフヘルプ体験型セミナー「違いを認めて互いに分かり合える社会を！」のパネラーとして発題したものです。この一週間後、急逝したので、これが最後のお話となりました。

「我流のケアスタッフとの向き合い方」は、日本ＡＬＳ協会近畿ブロックの会報九四号（二〇二〇年十月発行）に掲載されたものです。

ＡＬＳが難病でなくなる日を目指して

はじめに

こんにちは。ＡＬＳの患者の西村隆です。人前でお話しするとき、この人は何者かが気になりますね。主催者の方がメールで「どのように紹介しましょうか」と聞いてこられたので、「ＡＬＳ近畿ブロック会員です」と答えると、「もう一声、何かありませんか、理事とか、相談役とか、顧問とか」との言葉。「まったく何もありません」とお答えしました。少し失望させたようですが、発題ではガッカリさせないようにします。

ＡＬＳの日本語名は「筋萎縮性側索硬化症」、漢字がずらりと並び、いかにも難しそうな病気です。国が定めた難病の一つです。

潰瘍性大腸炎、パーキンソン病など、日ごろニュースでもよく聞く病気もそうで、指定難病は三〇〇以上あります。共通しているのは治療法がなく、長期間の療養が必要だということです。言い換えれば、治らない病気です。もちろん研究は世界中で今も行われていますし、対症療法がうまくいけば、日常生活が十分送れる病気もあります。

二〇一四年世界中で広がった「アイスバケツチャレンジ」を覚えていますか。その始まりはALSの治療薬開発のための募金でした。いつのまにか派手なパフォーマンスばかりが目立ち始めて、ブームは衰退します。それでもSNSの効果は抜群です。日本でも半年で約三八〇〇万円の募金を集め、ALSへの関心も高まりました。いつの日か治療薬ができるでしょうが、今すぐではありません。今を生きる患者は、医療費用の助成を中心に他の制度を組み合わせて生活をします。私は三つの制度、難病、介護保険、障害福祉を利用しています。一つ一つの制度は複雑なうえに独特な行政用語、表現で難解です。ケアマネージャーや患者会の助けを借りて、いちばん自分らしい在宅生活を作ります。

私は月曜日から土曜日まで延べ三十名以上のケアスタッフに支えられています。発病後比較的すぐにサービスを利用し始めたので、中には発病初期の私の声や歩く姿を覚えているヘルパーもいます。

ともあれ、ALSの私が二十五年もの長い間、住み慣れた地域に家族と暮らせるとは思ってもみませんでした。しかも、〝幸せに〟です。でも、患者会の活動が今ほど活発化していない三十年、四十年前は全く違う風景がありました。転機になったのは患者会の創設です。

患者会のこと

最初に、患者会ができるまでについてお話しします。

ＡＬＳの患者会は長く組織されませんでした。一昔前までの家庭向けの医学書を見ると、ＡＬＳの説明では結びの言葉として「平均余命五年。予後は極めて悪く、悪魔の病気」と書かれていました。患者にとってみれば、ひどい書き方です。十万人に三人から七人の珍しい病気です。診断がつくまでに数年かかったり、診断がつかないまま亡くなったりする人もいるでしょう。病名の告知さえされない時代に、患者や家族はその時その時の今を生きるので精いっぱいでした。言い換えれば、患者や家族は社会から孤立していました。

そんな時代に〝静山社〟という小さな出版社の社長、松岡幸雄さんが、ＡＬＳ患者の闘病記の出版を通じてその悲惨な実態に触れて、患者会設立に向けて尽力しました。様々な闘病記を次々に出版して社会にアピールしました。私も発病した一九九七年に、そのうちの一冊を読みました。一九八三年に出版された川口武久さんの『しんぼう――死を見つめて生きる』です。迫力のある文章に圧倒されたのをよく覚えています。

川口さんは一九四一年生まれ、三十二歳で発病したものの、医者からは病名は告げられません。離婚や自殺未遂、入院先を転々とするなかで、ＡＬＳ患者の置かれている悲惨な状態を目の当たりにしました。医療者を含めて、あまりにもＡＬＳ患者が理解できていない現実を憂えて本を書きました。この本はマスコミにも注目されて、患者会の機運が高まりました。

この〝静山社〟は後にハリー・ポッターシリーズで大きくなりましたが、今でもＡＬＳ患者を助けてくれています。

一九八六年に東京で全国組織「日本ＡＬＳ協会」ができました。初代の会長は川口さん、事務局長は松岡社長が担い、スタートしました。現在は全国に三九支部、会員は約六、〇〇〇人にのぼります。

その二年後の一九八八年に日本ＡＬＳ協会近畿ブロックができました。大阪からスタートしましたが、在宅人工呼吸器の先駆ドクターの故・木村謙太郎先生が「助けを求める患者さんがあれば、府県を越えて手助けしましょう」を理念に、名称を近畿ブロックとしました。近畿ブロックの活動範囲は滋賀県を除く二府三県。滋賀県は独立して支部をもちました。近畿ブロックの主な活動は交流会や相談、年三回発行する会報は、約五〇〇人の患者、専門職、遺族、一般の方が購読しています。

患者会の特色の一つは、「この病気を最もよく知るのは当事者」という理念です。それも長期に生活する患者と家族です。医療者やケアスタッフは、患者から発せられる様々な情報を学んでケアに生かしています。会員の二割以上は十年以上の闘病期間です。私のように二十年以上の人もいます。

二〇一八年、七十六歳で亡くなったイギリスの物理学者ホーキング博士は二十一歳で発病しているので、五十年以上闘病したＡＬＳ患者です。博士は、「私の主治医は私です」と言っています。

よく保健所が主催する「難病相談会」があります。ときには医療者、介護支援者を対象にしたものもあります。医者が「主」で、患者は「従」の関係は色濃くあります。でも近畿ブロックの会報誌には、患者や家族の投稿で溢れています。中には自助具のアイディア、コロナ禍の過ごし方、介護者視点の興味深い話等々と読み応えは十分です。私もよく投稿しますが、もっぱら読者の笑いを誘う軽いエッセーや川柳を作っています。

表題の言葉「ＡＬＳが難病でなくなる日を目指して」、この言葉に近畿ブロックのスピリットがあります。

近畿ブロックと私

これから近畿ブロックと私の関わりを紹介します。

私の発病は一九九七年三十七歳でした。半年で確定診断を受けられたのは当時としては珍しいことです。病気の告知の中で、医者から平均余命五年が告げられます。三十七歳当時は三人の子どもに恵まれ、天職と思える福祉の仕事も充実していました。順風満帆、将来への視界も良好です。そこにALSです。しばらくはショックを突き抜けて、現実逃避のような興奮状態でした。よくしゃべり、これはもともとです。よく笑いました。見た目には健康そのものです。

近畿ブロック患者会の熊谷寿美さんご夫妻らと

最初は難病を担当する県の保健師から、細かい手続きや今後の課題、するべきことの説明を受けて、会報誌を渡されたので、近畿ブロックに連絡をとりました。すぐに事務長の

Ｍさんが来てくれました。Ｍさんとは付き合いが長く、今も近畿ブロックでお世話になっていますが、Ｍさんはお母様を看取った遺族です。ＡＬＳの発症年齢は平均で五十代です。三十代の私を若手のホープと思われたのか、たくさんの人を紹介してくれました。

特に印象深かったのは、当時近畿ブロック会長だった熊谷寿美《くまがいとしみ》さんのご自宅を訪問したときのことです。普通のマンションで、サラリーマンの夫と生活をしています。しかも、人工呼吸器をつけていながら、日中独居生活で、今とは違って、患者会のない時代を生き抜いてきました。生活の隅々に知恵と工夫があふれていて、定期的に夫にもメッセージを送って、安否の確認をしていました。実感したのは、熊谷さんが患者ではなく生活者だということです。自分のケアのことも、家族の食事や家計のやりくりも、熊谷さんがします。今の私の生き方には、このときの影響があります。

ほかにも在宅で人工呼吸器をつけている人に大勢会いました。印象深かったのは失敗談の数々。どれも一歩間違えれば命に関わる深刻なものを、本人や家族、ケアスタッフがさらっと軽く話してくれました。主治医の話では、「それだけ在宅医療は危険がある。でも、あれこれ心配しても仕方がない。今生きていれば、それで良しです。みんなたくましい」とのことで、ありのままの生活者を見守ってくれます。

人工呼吸器とＡＬＳ

さて、これからは人工呼吸器とＡＬＳについて話をします。

私が通院していた大学病院からは、「この病院ではＡＬＳには人工呼吸器をつけません。つけたいなら、ほかの病院を探してください」と言われていました。ＡＬＳ患者にとっては、呼吸困難のときに気管切開をして人工呼吸器をつけて生きるか、つけずに死ぬかを事前に決めなくてはなりません。発病当初のまだ歩けたころから何度も聞かれました。それはいつ人工呼吸器をつける事態になるかわからないからです。

皆さんは人工呼吸器さえつければ生きられるのなら、それをつけますか。「そりゃあつけるでしょう、みんな」と思われがちですが、実際のところＡＬＳ患者の七割以上は呼吸器の装着を拒否して、鎮静剤などを用いた消極的安楽死を選択します。

数年前、人工呼吸器を拒否したＡＬＳ患者の姿を追ったドキュメンタリーを見ました。医療的処置をすべて断り、医者には苦しまず最期を迎えたいことを伝えて、最後は適切な薬剤を用いて、苦しまずに、家族に見守られて亡くなりました。

印象深いのは、なぜ患者が医療を拒否したかです。答えは「自分らしく生きたい」です。

みんながみんな口をそろえて言う「自分らしく生きたい」ために、医療を拒否する人もいれば、人工呼吸器をつける人もいるのです。

この差はどこにあるのでしょうか。人工呼吸器は装着すれば、どんな理由があっても外せません。外すことは命と直結しています。極端な言い方をすれば、呼吸器をつける、つけないかは、当事者が生きるか死ぬかを判断できる最後のチャンスともいえます。

ＡＬＳと安楽死、尊厳死

ＡＬＳという限界の中で安楽死や尊厳死はときどき大きな波紋を伴ってニュースになります。最近では二〇一九年に京都で発生した嘱託殺人事件です。皆さんもご記憶にあると思います。概要は次のとおりです（京都新聞より）。

「京都市内で重度訪問介護（二十四時間体制の介護）を受けていたＡＬＳ（筋萎縮性側索硬化症）患者のＨさん（五十一歳）の依頼を受け、二〇一九年十一月にＨさんの自宅マンションを訪問して、致死量の鎮静剤を使って殺害したとして、京都府警が現役のＯ、Ｙ両医師二人を嘱託殺人の疑いで逮捕した。」（京都新聞より）〔注＝記事の原文は実名で表記〕

Ｈさんのブログには、こうありました。

「発病初期のころ『自分はもはやなんの生産性もなく、税金を食い潰しているだけの人間だから死にたい』と、主治医に詰め寄ったことがある」（二〇一八年六月）

「安楽死がダメだと言う人は一週間だけでもALSになってみたらどうかと思う。意識はしっかりしていて、だんだんと筋肉が動かなくなる。触覚は残るから、痒くなっても自分でかけない。体勢が苦しくてもなかなか意思を訴えられない。呼吸筋も弱まり、息も苦しい。本当に苦しくて残酷でつらい病。もちろん最後まで生きようと頑張ることもすごいと思うが、頑張れない人には尊厳死を認めてあげてほしい」

こうした切実な言葉が並びます。

事件は大きな波紋を呼び、あらためて安楽死や尊厳死の議論が起こりました。その中にはHさんに同情する声も多く寄せられました。

現在の近畿ブロック会長でALS患者の増田英明さんは、こう述べています。「私たちの団体には、彼女のように生きることに迷う人たちがたくさんいます。そういう人を前にして苦悩する家族や支援者もいます。生きることよりも、そうじゃないほうが楽なのかもしれないと傾きそうになりながら、必死に生きています。彼女を死に追いやった医師を私は許せません。私たちが生きることや私たちが直面している問題や苦悩を、尊厳死や安楽死という形では解決できません。生きてほしい、生きようと当たり前に言い合える社会が必要」と。

ただ安楽死を望んでいたＨさんは、患者会に積極的には参加しなかったようです。私も含めて、患者会に参加すれば、「生きていれば、こんなに楽しいことがあるよ」というようなメッセージを発してきました。でも、そうしたメッセージ自体がプレッシャーになるのかもしれません。

元気な姿に励まされる人もいれば、Ｈさんのように避ける人もいます。ＳＮＳでは活発なやりとりがあります。私のように、たくさんの人に会って、その体験を糧にしている患者会に支えられている者には信じられない側面があります。昔はそもそも情報も少なくて、しかも医療者発信のものばかりでした。今は違います。患者会に行かずとも情報はあふれています。

患者会をめぐる微妙な気持ちはわかります。突然の発病、不条理な出来事を前に立ちすくむときに保健所を通して患者会を紹介されます。同窓会やファンクラブとは違います。珍しい難病の会です。「同病相憐れむ」の内向きでネガティブな印象がぬぐえません。患者会には先輩がいます。でも、患者会に参加したり会報を手にしたりすることには勇気が要ります。そこに近い将来の自分の姿を見る恐怖感もあります。ほかにも、気持ちとして「ＡＬＳ患者というひとかたまりとして見られるは嫌」というものもあります。

あらためて患者会の必要性

最初に紹介した私を「どのように紹介しましょうか」という意味深い問いですが、私は名刺が大好きです。大昔、父の名刺を見たとき、肩書きというものを知りました。肩書きには「僕のお父さん」ではなく、「○○長」と偉そうな役職が並びます。そのときの印象が今も残っているのかもしれません。仕事をしていた時期、一度もその憧れの名刺を持ったことがありませんでした。強いて今、名刺を作るなら何を肩書きにすべきでしょうか。肩書きはその人の属している社会を表しています。そうであるならば、迷うことはありません。「ALS患者 西村隆」です。

私の知人に、ALSを発病した方がいました。私はまずは患者会を勧めてから、じっくりと話を聞きたいと思っていました。ところが、そんな機会は与えられませんでした。その方は私と距離を置いているようでした。その方のために私なりに役に立ちたいと思っていただけに、かなり落ち込みました。自分が信用されていないのか、と。

結局、その方は医療を拒否して民間療法に頼りつつ、自宅で亡くなりました。その方から見て、私の生き方――大勢のケアスタッフの世話になり、胃ろうなどの医療処置を受けて生きながらえることは、「望まない生を生きる」ことだったのかもしれません。

しかし、健康なままだれにも迷惑をかけない生き方が素晴らしいというのは、なかば非現実的な生き方を求めることと同じではないかと思います。私はＨさんや知人の生き方を批判するつもりはありません。正しい、正しくないの議論ではなく、知人と私、あるいは孤独な患者と患者会に支えられている患者の溝は何なのかということです。これを、個人の生き方、価値観ですませてよいのでしょうか。

世の中はＳＤＧｓとか多様性とかが叫ばれる一方で、政治や教育は保守化に進んでいます。多くの人が生きづらさを感じる今だからこそ、多様性を示す患者会の意味は大きいと思います。ＡＬＳになれば、それまでの生き方・価値観をリセットしなければなりません。勇気を出して、先輩患者を知るべきです。そのうえで迷いながら生き方を決めればよいと

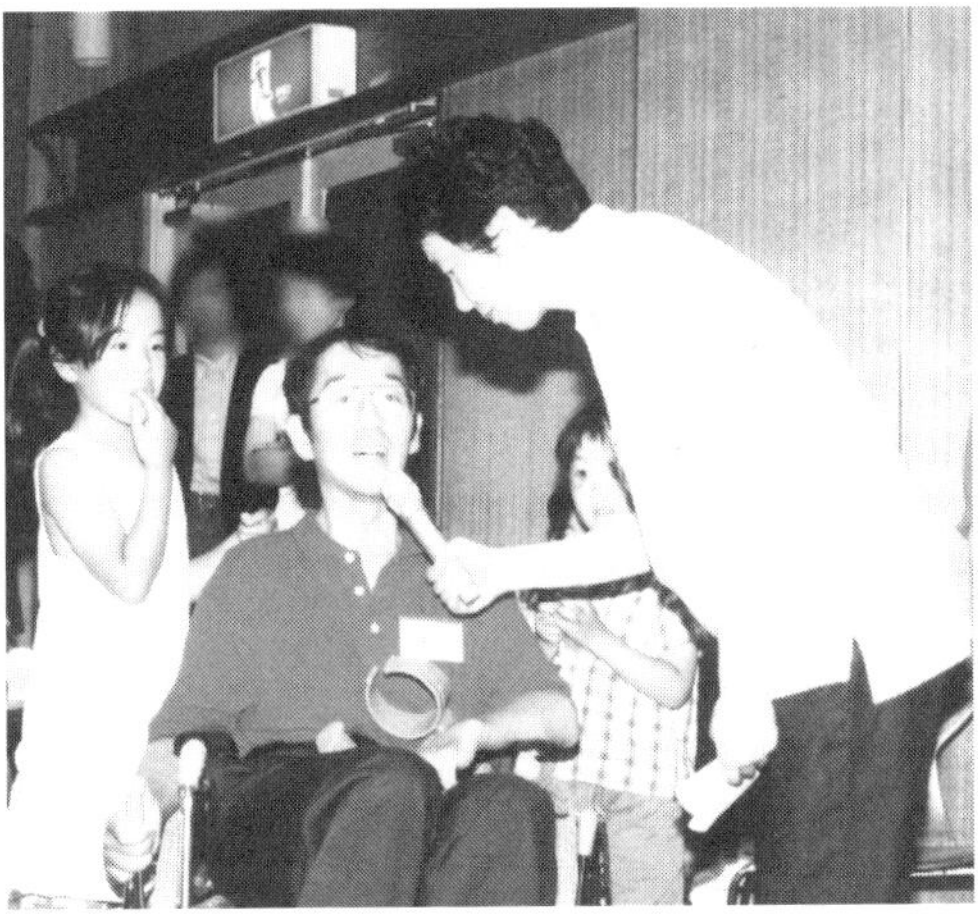

近畿ブロック患者会の交流会で

思います。

地域との連携について

最後に地域との連携についてお話しします。以前は私も地域のボランティアの方と散歩に出かけていました。いろんな人に声をかけられましたし、透明文字盤を使っていると、家族の介護、特にコミュニケーションで悩んでおられる方から声をかけられたこともあります。なじみの店ができて楽しかったのですが、年々、私の介護頻度が増してきて、その機会も減りました。

市立芦屋病院で月一回開かれていた、がん患者会「芦屋サロン」(二〇一四年から二〇二一年、主催=がん患者会ゆずりは)にも七年間、熱心に参加しました。この会も医者が相談に乗ったりはしません。参加者が語り手であり、聞き手です。当事者やその家族など、その抱える事情は様々ですが、閉会するときには決まって笑顔になりました。

こうした経験からも、日常生活でのたくさんのケア体験からはっきりと感じることがあります。それは「わかり合える」ことです。Hさんは「だれも私の苦しみを理解しない」と言いつつも、SNSで知り合った患者を励まします。地域とのつながりは縁側のようなもの。小難しいことを考えないで、膝と膝をすり寄せてみませんか。自分を知り、他の患者を知り、そして社会を知ること――これが患者会のセルフヘルプの力だと思います。

最後に多様性の大切さを示す児童文学者の灰谷健次郎さんの一文を紹介して終わります。

「あなたの知らないところに
いろいろな人生がある
あなたの人生が
かけがえのないように
あなたの知らない人生も
また　かけがえがない
人を愛するということは
知らない人生を知るということだ」（『ひとりぼっちの動物園』あかね書房）。

我流のケアスタッフとの向き合い方

——二十年の間に何十通ものラブレターを書き続けて関係を作ってきました

はじめに

朝日新聞は九月七日から三日間、「ＡＬＳ患者嘱託殺人事件が問うもの」と題して特集記事を載せました。事件が報じられた八月上旬はマスコミも大きく取り上げ、当初はある種の熱を帯びていました。それは、「生きたい」「生きてほしい」と思い、日々の生活をやりくりしている患者（家族や支援者を含む）と真っ向から対立する事件だったからです。

朝日新聞の特集記事では患者、Ｓさんが紹介されて、「家族疲弊二十四時間の公的介護」を訴えています。夜中、夫が体位交換をするなかで口調がきつくなってきて悲しかった、と話しています。

自助（家族介護）の危うさは限界がないことです。どこまでも頑張ってしまうからこそ悲劇が起こります。私は公的介護を優先にしていて、日中のケアはすべてプロにお任せしています。呼吸器も夜間に鼻マスクをつける程度で、二十四時間介護を必要としないまま、二十三年目のALS生活を過ごしています。

あの事件が問うもの

事件当初、情報が入り乱れるなか、私も、亡くなった患者Hさんのブログやツイッターを読んで、気持ちを少しでも理解しようとしました。そして多くの点で共感しました。たとえば、ハンサムなテニス選手を熱く語る箇所はホッとしましたが、NHKのスイスで安楽死した方のドキュメンタリー番組への熱い思いには冷や冷やドキドキしました。Hさんはその後も胃ろうからの栄養を拒否したりと、安楽死への強い思いが貫かれます。

一方、「猫を飼いたい」というHさんの希望は、「猫の世話はヘルパーにはできない」「猫アレルギーのヘルパーがいるかも」という、ごもっともな意見で却下されますが、ケアスタッフの家で猫を飼うことになり、ときどき遊びに来る様子に私も喜びました。悪戦苦闘しながらケアスタッフを確保して、困難な生活を築き上げてきたHさんの努力は尊いものです。

患者が生と死のはざまで揺れ動くのは当然のことです。そこに、「私は医師です。あなたのつらい気持ちはよくわかります。楽に死なせてあげます」などと文字どおりの悪魔のささやきを聞けば、渡りに船とばかりに飛び乗っても不思議ではありません。

Hさんの父親が「娘の弱みにつけ込む卑劣な犯罪」と悔しさをあらわにしています。そして、直前まで生きることを支えたケアスタッフはより複雑な思いを抱いたことでしょう。

「お先真っ暗」でも、目が慣れてくれば光が見えてきます

コロナ禍の今を表す言葉としてよく耳にしたのが「お先真っ暗」です。たとえば、春の選抜で夢の甲子園への切符を手にした球児、オリンピックの選手、大学生は、進むべき道を見失い、涙ながらに「お先真っ暗」を口にしました。こんなニュースを見るたびに、私も何度泣いたことかわかりません。それまでの確実な将来設計、方向性を突然失ったときに発される言葉です。

夜、車椅子から移されてベッドに寝かされると、手際よく就寝準備がなされます。「おやすみ」明かりを消すと、暗闇に包まれます。家族はみんな二階で寝ます。私は寝返りの介助は要らないので、家族が起きるまでの数時間はひとりです。スゥーと不安の種が心

に舞い落ちたら、さぁ大変です。耳をすませば、ガサガサと宿敵ゴキブリの気配がします。おや、背中がかゆくなってきたぞ。おやおや、エアーの入りがおかしいぞ。朝まで生き残れるかな。妄想がネガティブに暴走します。

目を見開いても暗闇が広がります。

もちろんALSの発症は「お先真っ暗」体験の最大のものですが、やがて時がたって、どうにかして冷静に辺りを見てみると、「お先真っ暗」なはずが、ちらほらと光が見えてきたり、「だれも私の気持ちをわかってくれない」はずが、そうそうと共感、共鳴してくれる人に出会ったりします。目が暗闇に慣れてきて、進むべき方向が見えてきます。

うまく新しい光にたどり着いて、「生きたい」と考えても、現実には乗り越えなければならないいくつもの壁があります。その一つに「ケアスタッフとのコミュニケーション」があります。

コミュニケーションの向こうにあるものは

映画『こんな夜更けにバナナかよ』(二〇一八年)を見た方も多いと思います。筋ジストロフィーの青年が地域の中で自立生活をする実話をもとに映画化されたものです。障がいの違いはあるものの、「ケアスタッフとどのように向き合うか」では示唆に富むものです。

劇中、主人公が、ケアスタッフを辞める学生に向かって、

「辞めないでくれよ。僕たちは友だちじゃあないか」

それに対して学生は冷たく、

「友だちじゃありません。ただのアルバイトです」

これはそのとおりです。介護保険がある今は、何枚もの契約書で象徴されるようにビジネスモードになっています。そんなことは百も承知しているのに、主人公の気持ちもわかります。お先真っ暗な中でのケアスタッフとの出会いは、患者にとっては一つの大きな光だからです。

二十数年前、最初に入ったケアスタッフはOT（作業療法士）のMさんでした。急性期のただ中にいた私は、暗闇の中でがむしゃらに病気と闘っていました。Mさんは、指先が利かなくなって日常生活に不便を感じていた問題を次々に解決してくれました。「できない、できない」ばかりを繰り返す私に、諦めずに工夫して乗り越えることを教えてくれました。私はMさんのスキル（専門的技術）と人間性に信頼を寄せて、少し頼りすぎました。お別れの時の喪失感は大変なものでした。それこそ、「辞めないでくれよ。友だちじゃあないか」と叫びたい思いでした。

まず、患者にとって、ケアスタッフの選択肢は限りなくゼロに等しい、来てくれるだけでもありがたいというのが現実です。人を受け入れてケアを受けるのは、そんなに容易ではないのです。

次は、ケアを受ける側と提供する側の気持ちの違いです。在宅の場合、家というプライバシーのかたまりに人を受け入れて、ケアを受けるのは、そんなに容易なことではありません。

ウルトラマンとバルタン星人らのいる部屋

あるとき、訪問したケアスタッフが私の怪獣コレクションを見て、「息子も同じようなものを集めているけど、気持ち悪いわ」と言いました。別に悪気があっての発言ではなくて、つい口を滑らせてしまったのかもしれませんが、私はとても不快でした。もしも、しゃべれたら、「はぁ〜、俺はあんたの息子じゃあないし、ここはあんたの家でもない。気持ち悪かったら見るな。バッキャロー」と言いたいところです。私は小心者なので、実際は顔で笑って、心で泣いていました。子どもたちが私のために買ってくれたもので思い入れがあります。

たくさんのケアスタッフと出会ってきて、今の生活があります。中には二十年以上関わってくれて、阿吽《あうん》の呼吸でケアする人、たとえ月日は短くても波長が合い、安心できるスタッフがいます。事業所によっては、癒着防止のために半年でスタッフを変更したり、私語を慎んだりして、ビジネスを前面に押し出すところもあります。

そんな事業所から来ていたIさんはケアがとても丁寧で、私は安心しきっていました。

ある日の夕方、Iさんが突然訪ねて来て、言いました。

「西村さん、私の介護に何か不安、不満がありますか?」

話を聞くと、私の表情が厳しく、険しく見えたようです。そのことが気になっての訪問でした。小一時間ほど話したでしょうか。Iさんの誤解は解けてスーパーヘルパーに成長しました。

表情の微妙な変化を感じて、相手と話をする。私にはそんな勇気はありません。

好きになる努力、自分の人間力・コミュニケーション力を高めて

ケアスタッフは辞めていきます。それでも私はケアスタッフを信頼して、好きになる努

力をします。それは自分の人間力、コミュニケーション力を高めることです。先輩患者を見ていると、周りに強い信頼関係で結びついた一つのチームがあって、患者を支えています。その根底には「楽しさ」があり、ビジネスとは違う愛情を感じます。

ヘルパーのFさんは遅刻の常習者で、髭剃り中によく居眠りをしたりとちょっと問題でした。話を聞いていくうちに、Fさんに対して感情移入していきました。二年ほどの付き合いでした。ケアマネジャーから何度も担当を替える提案を受けましたが、断りました。介護技術も向上しませんでしたが、楽しい経験でした。

お別れのときは、Fさんにこう言いました。

「つらくなったら帰って来いよ」

コミュニケーションをあきらめないでください
あなたの言葉を聞き取る人は必ずいます

しゃべれたら一瞬ですむこと、たとえば、車椅子の座る位置を説明するのに、数時間をかけ、相手のことを思い浮かべてメモを作ります。それはまるでラブレターみたいです。こうして二十年の間に何十通ものラブレターを書き続けて、ケアスタッフとの関係を作ってきました。もちろん患者も十人十色、スパルタで鍛え上げる人もいるし、気に入らないスタッフをすぐに首にしていく人もいます。

将来は介護ロボットが現れて、生活を劇的に変えるかもしれません。でも、私はきっとロボットにラブレターをせっせと書き続けている気がします。

コミュニケーションをあきらめないでください。あなたの言葉を聞き取る人は必ずいます。それがたとえ死にたい等のネガティブな言葉でも、コミュニケーションをあきらめないで。

Ⅲ キリストにゆだねる

本章には、教会の会報やキリスト教雑誌に掲載されたもの、教会でお話ししたものを収めました。

「私の信仰の証し」は、日本キリスト教団御影教会の待降節信徒証し会でお話ししたもので（一九八三年十一月二十七日〔日〕）、『御影教会季報』（一九八四年一月二十五日）に載せられました。

「共に生きる」は、日本キリスト教団婦人会ブロック修養会で二〇一六年十一月九日にお話ししたものです。

「悲しみも喜びも」は、二〇〇九年、所属する日本キリスト教団甲東教会の会報に収載。

「神さまにゆだねきるということ」は、BIBLE & LIFE［百万人の福音］「特集・今はわからなくても ネガティブ・ケイパビリティと聖書」二〇二二年九月号に掲載されたものです。これが最後の執筆となりました。

私の信仰の証し

「はずかしくて、誰にも絶対に言えない様な秘密、それが、私達をイエスへの回心に導くのだ」（森有正）。

私は一九七八年、甲東教会で芹野俊郎牧師より受洗しました。以来、何度か〈証し〉の機会に恵まれました。

〈証し〉というものは、ほかならぬ自分について語るのですから、同じネタを繰り返すようなものと考えがちですが、近ごろ、成長するものだと考えるようになりました。「体験はすべて時間と共に熟し」発酵し、内面から、その人自身を変化させていきます。〈証し〉とは、私を変え続けている体験の内的含意を探るべく、自分の今の〈生〉によってそれを解釈しようとするものだと思います。

ある意味で私の生涯を決定した最も大きな体験は、小学四年生の時、腎炎で一年数か月、入院したことです。それまで、なに不自由なく暢気《のんき》に生活していた私にとって、絶対安静は恐ろしく苦痛であり、間延びした時間が無理やり内省的性格へ向かわせました。氷砂糖とりんごだけの食餌療法は、患者の唯一の楽しみである食事としてはあまりに貧弱なものでした。

救いは、六人部屋であったことです。同じ病気の苦しみを体験している友人との会話は時間を忘れさせてくれます。また、景色を窓越しに見ることも楽しみの一つです。病院は都会の中心に位置し、その中にあって病室だけは別世界のように静かでした。何か妙にアンバランスであり、そして自分だけが社会の流れから取り残されている気がしました。私と外の世界は硝子一枚、隔てた世界なのですが、私には絶対的に隔絶されたもののように思えました。

そのとき、私は外の世界、つまり普通の世界に憧れました。普通に歩き、学校へ行き、教室で勉強する。私にとってそれは、本当にまぶしいほどに輝いて見えました。ともかく、子どもという天才的楽天性を備えていた時期だったことで、今考えてみると、大変なように思えた闘病生活をあまり深刻にならずに無事終えられたのだと思います。

退院後、学力的にも、体力的にも、精神的にも、級友にはついていけませんでしたが、なんとかごまかしながら学校生活を楽しく過ごしました。

高校入学後、私は日赤でのボランティア活動に熱中しました。この活動に熱中させた理由を今考えてみると、社会的活動に参与でき、自分が社会の一員である自覚をもてた喜び、そして、何よりも自分を必要としている〈場〉と〈人〉がいることへの喜びが大きかったようです。

友人と一緒にボランティア活動中

中学一年の時から、ある種の西欧に対する憧れのようなものをもち、その延長で教会に行きましたが、ミッション系の生徒ばかりであまりなじめず、何か全体的に物足りない感じがしました。そして、ボランティア活動に熱中すると同時に、教会から離れて行きました。

今考えてみると、活動に熱中していた自分は確かに輝いていたかもしれませんが、高慢であったことも確かです。夜遅く、電車の中で疲れてはいましたが、自分の活動を振り返り、「俺は偉いやつだなあ」と考えていました。

しかし、そんな天狗になっていた私を木端微塵に砕く事件が起こりました。児童養護施設での活動中、一人の子どもが自殺未遂事件を起こしたのです。今でも覚えていますが、その子は何か暗く、私たちになついてくれませんでした。最初は気にしていたのですが、「おにいちゃん」と言って、身体ごと愛情を表現してくれる子どものほうに自然と愛情を注いで、ついにその子を黙殺してしまうようになりました。感受性の豊かな子どもの心に私の活動がどれほど深い傷を残したことか、今考えても恐ろしい思いがします。

その子の自殺未遂は私に種々のことを気づかせました。私が人を憐憫やあわれみで踏みつけにしていたこと。そして、自己満足にひたっていた醜い自分の姿を心に刻みつけました。どうしようもない無力感と恥ずかしさが私を教会へと再び結びつけました。引用した森有正の言葉どおりです。

私を引きつけたのはペテロの信仰です。マタイによる福音書二六章六九節以下で、私はペテロの絶望を感じ取ることができます。ペテロは自らの信仰を絶対と思い、主を裏切ることはないと確信していたに違いありません。そして、イエスの言葉どおりに、あまりに容易に裏切ってしまいました。彼の絶望は、自信が大きかった分だけ深かったことでしょう。その絶望は、ユダと同様「死」を決意させるに十分だったでしょう。しかし、ユダは自殺し、ペテロは恥多い人生を、なお「生き続け」たのです。彼は自分の弱さ、醜さ、罪深さを、身をもって知っていました。そして、神がそんな自分をも愛してくださり、イエスは自分のために十字架にかかり死んでくださった。そして復活された。ペテロは、赦された罪人として、生涯をイエスのために喜んで献げました。絶望から希望へと、喜びへと変えられたのです。

私も、自らの弱さを常に感じさせられます。人に誇るべきものは何もありません。ただ一つ、唯一の誇りは、イエスの愛を知っていることです。こんな私をも、イエスが愛してくださるということです。それが私の唯一の誇りです。その誇りを胸に、私は今、福祉に職を求めようとしています。無力ですが、その世界でイエスを証ししていこうと思います。

共に生きる

はじめに

こんにちは。私は話すことができないので、あらかじめ原稿をパソコンで書いてパートナーの雅代に読んでもらいます。

皆さんとお会いできて本当に嬉しく思います。甲東教会は母教会で、野球にたとえるとホームグランドです。隆も雅代も人前であまり緊張はしないのですが、今日、隆はビクビクしています。阪神タイガースが巨人に甲子園で勝てないのになぞって考えると、「よし、良いお話をしよう」と色気を出してしまうので、平常心が保てないのです。

原稿つくりにいつもより四苦八苦している様子に、雅代がやさしく話してきます。

「期待は大きいのよ。裏切らないでね。変なお話をしたら教会に行きにくくなるわよ」

「ドキッ」

なんとパートナーからの新たなる、まさかのプレッシャーです。笑うしかありません。良いお話はできませんが、私の世界を皆さんと共有できればと思います。

ＡＬＳと介護

最初にお断りしないといけないことがあります。「共に生きる」というタイトルから、病気の夫を献身的に支える妻を思い浮かべるとしたら、それはミスマッチです。もちろん、皆さんの中には献身的に介護をした方や、今まさにしている方もおられると思います。私も、母が自分の義理の母（私の祖母）を介護していた姿を覚えています。その祖母が亡くなるまで続きましたが、それはまさに献身的、壮絶な介護でした。二〇〇〇年の介護保険ができるまで、これが当たり前のことでした。

ＡＬＳの場合、介護の割合は一般的に高くて、家族が二人三脚のように付き添うこともあります。私はもちろん、それぞれの形を尊重し、かつ尊敬します。ただ、私の家では、雅代は仕事をしているし、介護はプロが七割ほど担ってくれています。介護を家族から切り離すことは、私たち二人にとっては自然なことでした。それは家族に迷惑や負担をかけたくないということよりも、自分が病気から自由になるためです。西村隆らしく生きるためには、一人でもたくさんの人の輪を作ることが必要でした。大学へ聴講に行ったり、いろいろな集会に参加したりしてネットワークを作り、開かれた社会の中で生きている、生かされている実感をもてています。

もちろん、介護の面でも、ヘルパーやナースならば気兼ねなく、介護の細かな要求ができます。ミリ単位の介護はとても大変です。家族にそれを要求すると、すぐに感情がぶつかり合います。すると、冷静に相手の姿が見えなくなります。しっかり距離感を保ちながら、お互いに気持ちの良い関係を保っていくことが大切です。この微妙な距離感が素地となって今の私があると思います。

患者会に、奥さまがALSになったYさんご夫婦が参加していました。ご主人は会社を辞めて、介護に専念していました。マイクが回ってくると、こう話しました。

「妻の世話は私がします。他人には任せられません。妻は話せなくなりましたが、私には妻が何を言いたいのか、すべてわかります。愛していますから」

ご主人が愛を力説し、隣で奥さまが泣いていました。嬉し涙でしょうか。Yさんとは何回かお会いしましたが、一年後には奥さまは病院に長期入院しました。支援者の話によると、奥さまにとってご主人ペースの介護がとても苦しかったようです。

愛は凶器になります。一方がギュッと抱きしめるだけでは苦しいだけです。「抱きしめ合う」世界であれば、(ちょっとうらやましい気もしますが)、「共に生きる」世界は拡がりを感じさせます。

笑いのある生活

前置きが長くなりました。

私が原稿を書き、雅代が読む、もう十年以上こんな感じで話をしているので、二人でごく当たり前に皆さんの前に立っていますが、話をする横で何もしないで、ただ座っている私の姿に違和感をもつ人がときにいます。実際にこんな指摘を受けたことがあります。

「隆さんも、ただ前でいるだけなのはさぞつらいでしょう」

そうです。やさしい配慮です。でも、私は前で何もしていないのではありません。雅代の声に合わせて私も話をしています。いわば「共同作業」です。私は話すことが大好きでしたし、じつは今も大好きで、できるなら今すぐにでも雅代からマイクを奪って話したいほどです。

学校の通知表でも決まって、「授業中のおしゃべり」を注意されていました。また、新婚時代、お風呂で何やら大きな話し声が聞こえてくるのを、台所で聞いた雅代が心配したそうです。風呂場で歌う人はよくいます。エコーがかかって気持ちいいものです。でも、ひとり言の域を超えて、話をする人はあまりいません。

「大丈夫？　ストレスたまってない？」

雅代はビックリしたと思います。この男は大丈夫かなって不安になったのでしょう。

頭の中のモヤモヤを声に出すと、何となくすっきりする。そんな私ですから、ALSになって、少しずつ言葉が不明瞭になっていく過程はとてもつらかったのを覚えています。

ただ、私は今もしゃべり続けています。声にならないだけです。声に出さないことが、イコール沈黙ではありません。

私の意思をうまく汲み取る魔法の耳をもつヘルパーのMさんが、あるとき言いました。

「西村さん、今日は珍しく静かですね」

研修中のもう一人のヘルパーが少し戸惑って言います。

「西村さんって話せるんですか？」

「西村さんは目や身体全体でたくさん話しますよ」

新人ヘルパーのキョトンとした表情が今も印象に残っています。

むかし、『君のひとみは一〇〇〇〇ボルト』なんて歌も流行りましたが、目で話をするのは恋人同士の専売特許ではありません。もし私の身体が発する言葉がだれにも聞こえなければ、私は透明人間と同じです。

幸いなことに、私の周りには身体が発する言葉に必死に耳を傾ける人が大勢います。だから、生きていられます。

しゃべらない、動かない私の姿を見て、学生時代からの友人はこう言います。

「今のほうが断然いいよ。お地蔵さんみたいでね。なんだかありがたい気持ちになるよ」

周囲も私も笑いながら、ホッコリ温かい空気に包まれました。一見すると、障がいや病気を笑いのネタにするのはタブーと思いがちですか、私の生活は明るくて、笑いがたくさんあります。そして何よりも、友人たちが、たとえ動けなくても、病人でも障がい者でもない、話すこと、笑うことが大好きな西村隆と向き合ったからこそ、「お地蔵さん」が出てきたのです。友人の嬉しい言葉でした。

ALS（筋委縮性側索硬化症）は、十万人に三人の珍しい病気です。原因や治療法はわかっていません。発症後の平均生存年数は五年と言われています。病状には個人差が大きくあります。私のようにほぼ一日中、約十五時間くらい車椅子に座っていられるのは珍しいことかもしれません。

車椅子で過ごすほとんどの時間をパソコンに向かっています。手はほぼ動かないので、キーボードやマウスは使えません。私は左足先が比較的思うどおりに動かせるので、一つのボタンスイッチを押して、障がい者用のソフトを利用して書いています。「にしむらたかし」を入力するのに三分ほどかかります。疲れたら足が動かなくなるし、クローヌスといって足が震えだすこともあります。

あまりパソコンをにらみつけていると、眠たくもないのに瞼が勝手に落ちてきます。医師に聞いてみると、「瞼も筋肉だからね。瞬き一つするのも体力を消耗するのでしょう」とのこと。なるほどと妙に納得したりします。瞼って意外に重たいのだと最近知りました。宇宙に長期滞在した科学者の手記にも同じようなことが書いてありました。ただ、宇宙飛行士はすぐに重力に慣れますが、私は少しずつ重たくなります。瞬きぐらいは、好きにさせてほしいものです。

原稿を書くことは、身体のご機嫌をうかがいながらの恐ろしいほど手間暇がかかる作業ですが、とても楽しい時間、生きがいです。私がアクティブにできる数少ないことです。変な感覚ですが、夢中で原稿を書いていると、病気を忘れます。動けないことがたいした問題じゃないと思えてくるから不思議です。

ＡＬＳの症状は個人差が大きく、私の場合、痛い、苦しいはあまり感じることはなくて、動かなくなる身体にただただ戸惑うばかりでした。いろいろな葛藤の中から、「ＡＬＳになったわが身を悲観ばかりしていてもしかたがない。十万人に三人の貴重な、普通では体験できない経験をしているのだ」と考えるようになると、それまではペチャンコに押しつぶされていた自分が大きく膨らみ始めました。つらいことだけでなくて、光るものを探してみると、見慣れた風景、たとえば家庭の中に見つけることができるのです。

この視点からの風景を二冊の本にして出版しました。二〇〇四年に書いた『神様がくれた弱さとほほえみ』と、二〇一三年の『住めば都の不自由なしあわせ』です（二冊ともいのちのことば社刊）。闘病記というよりも「病と共に歩んだ記録」と書いて「共病記」としました。でも、厳密に言えば、人との出会い、共に生きた喜びが浮かび上がってきた、その記録です。それは、旅先であったサムさんの一言や私の身の周りに起きた珍しくもない日常です。けれども、どの瞬間もスケッチしたくなるような「物語性」がありました。

最近読んだのですが、詩人の長田弘さんの『最初の質問』（講談社）という絵本があります。

少し読んでみます。

「雲はどんなかたちをしていましたか。
風はどんなにおいがしましたか。
あなたにとって、いい一日とはどんな一日ですか。

『ありがとう』という言葉を、
今日、あなたは口にしましたか。」

多忙な生活で見失った身の周りの出来事や自然の美しさに思いを寄せる詩人の視線と、私の視線と共通しています。

本を出版したことで密かに夢見た「印税生活」は木端微塵になりましたけれども、今も反響があって、お金では代えられない喜びが与えられています。嬉しいのは、身体が動けなくても、コミュニケーションが難しくても、神さまの恵みが豊かにあることを分かち合えたことです。

活字のみならず、私は、「言葉やコミュニケーション」が人を結びつけ、そして、人を生かすものだと感じています。ヨハネ福音書の冒頭の「初めに言《ことば》があった。言は神と共にあった。言は神であった」（新共同訳）は、とても印象深い聖句です。

教会との出会い

はじめてお目にかかる方も多いと思いますので、自己紹介をしつつ、お話を進めていきます。

私は中学一年の時に母親の紹介で甲東教会に通い始めました。なぜ「教会に行きたい」と親に言いだしたかはよくわかりません。当時、憧れていたオードリー・ヘップバーンに会えるのではないかと考えていたのかもしれません。夢ばかり見ていた中学生でした。

母は神戸女学院時代に、寮の舎監松山初子さんに連れられて、甲東教会に通っていました。私が小学四年の時、腎炎で一年以上入院したときも、松山さんの祈禱会に参加していたようです。私はとても長くて厳しい闘病生活を送りましたが、母も私以上に苦しんだようで、キリスト教に癒やしを求めたのかもしれません。母は洗礼を受けていませんが、母に蒔かれた信仰の種は、私に受け継がれて実をつけることになります。

中学生の私にとっては、教会で聞くこと、出会う人すべてが新鮮で、私のたましいは神さまの御言葉をスポンジのように吸収していきました。受洗は一九七八年の春、高校二年の時です。以来四十年以上、仕事の関係で御影教会、和田山地の塩伝道所などを経て、今、甲東教会につながっています。

ＡＬＳの発病と連続する喪失体験

ＡＬＳを発病したのは一九九七年、三十七歳の時です。九五年に起きた「阪神淡路大震災」の傷がいまだ町のあちこちにありました。九六年には三人目の子どもも生まれて、多忙な毎日でした。

その当時は、神戸にある知的障がい者の作業施設で働いていました。私はその仕事が大好きで、毎日がとても充実していました。天職といえる仕事に就けたことの幸せを実感していた、ちょうどそのころの発病でした。

告知から最初の二、三年で体重は二十キロ以上減りました。お腹の脂肪や贅肉が落ちるのであれば嬉しいのですが、落ちていくのは腕や胸、肩などの生活に不可欠なものばかりでした。それに比例して、身体の自由が利かなくなりました。身体の中の微妙な変化は、どんなに近くにいる家族にもわからないほど小さなものですが、私にはその一つ一つが心を痛める大事件でした。どんどん萎縮する肉体、そしてたましい。

当時の日記に、こう記しています。

「〇月×日　軽いスプーンさえも口まで運べない。これからどうすればいいのか」

「〇月×日　本のページをめくるのに、一時間もかかる。読書もあきらめる」

できなくなったこと、トイレの失敗、転んだことばかりが書かれています。車の運転をあきらめ、歩くこと、話すこと等々、あきらめの連続。それは、今まで築いてきた自分が崩れていく、海辺の波打ち際に作られた砂のお城のイメージです。自分の価値がなくなる体験でした。「連続する喪失体験」、これはつらいものです。

ＡＬＳの七割の人は「生命維持処置（延命処置）」を望みません。生命維持処置とは、口から食べられなくなれば、「胃ろう」や点滴をして、栄養を補給し、呼吸ができなくなれば、人工呼吸器を付けることを意味します。それは、医療的に日常的にされる処置ですが、ＡＬＳの患者には高い壁があります。私を含めて多くの患者が医師から、「全身が麻痺して、話すことも食べることもできなくて、今さら機械につながれて生きたって意味はありませんよ」らしき声かけがありました。

介護で迷惑をかけたくないとか、病気や障がいを受け入れられない、あるいは、生きる意味や価値を感じられない、などの理由から、生きるための処置を拒否することを「消極的安楽死」といいます。呼吸器をつけないと決断した人は、病気の進行に伴い、呼吸不全を起こします。苦しいので痛み止めや高い濃度の酸素を入れるなど暗黙の安楽死もされているし、「胃ろう」をつけないと、体力が弱り、肺炎を頻繁に起こし、「死期」は確実に近くなります。

よく聞くのは、家族の声として「かわいそうで見ていられない」です。苦しいのはよくわかります。相談をよく受けますが、本当に何も言えません。ただ、私は生きていて楽しいことを伝えるだけです。

たましいを縛りつける二つのもの

一般的には、この「連続する喪失体験」がALSの患者を苦しめる最大のものとされていますが、私には、たましいを縛りつけていたものが、もう二つありました。

一つは、「死ぬことへの恐怖」です。医者からALSの告知を受けたときの「余命五年」だけが膨れ上がっていきました。数字は魔物、不思議な力があります。いい加減なことも適当に無理やり数字にすると、学術的で客観的な事実に思えてきます。私も数字の魔法にひっかかってしまいました。

それからは時計の針を五年後、つまり自分の死、四十二歳から逆算して生活するようになりました。長女がやっと小学校五年生。まだまだ私がしてやることはあります。五年はあまりにも短すぎます。

不思議で息の詰まるような濃密な時間の中をアップアップしながら泳いでいました。いつも「死」の影に怯えながら、モーレツな勢いで逆回転する時計をにらみつけていました。

もう一つ、たましいを縛りつけていたものは「理性」です。キリスト者として病気とどう向き合うべきか。たくさんの本を読みあさり、無理やり納得させていました。でも実際は、このときの自分の姿を日記にこう記しています。

「《泣きたいのに泣けない》

一度泣き出したら涙が止まらない気がするから。

《祈りたいけども祈れない》

神さまが怖いから」

このときは、神さまの御前に立てませんでした。祈りたいことは山のようにありました。その多くは神さまへの問いかけ、そして抗議でした。

「なぜ私に病気を与えたのですか。私はこの病を与えられるほどの罪をいつ犯しましたか」

罪と病気とは全く関係がありません。それは頭ではわかっていても、罪責感、罪意識が身に降りかかる一切合切を呑み込みました。この外なる自分と内なる自分、理想と現実、理性と感情が対立し、ぶつかり合い、私を苦しめました。

三男の誕生

二〇〇〇年七月、精神的に一番苦しい時に生まれたのが、三男の止揚です。止揚にはダ

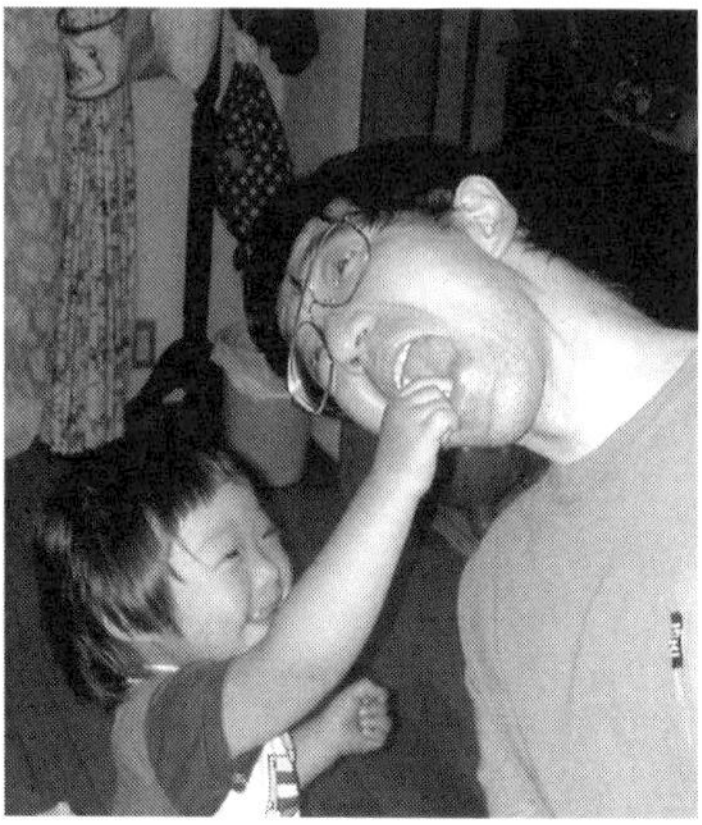
幼い止揚による投薬の様子

ウン症という先天的な障がいがありました。止揚の障がいを含めたすべてを家族は恵みとして受け入れ、その誕生を喜び、彼を愛しました。

私は、「泣かない、動かない」止揚をじっと見ていました。上の三人は元気いっぱいで、まるでポップコーンがはじけるように動き回ります。止揚の様子はそれとあまりにも違いました。きっと私は止揚の姿に自分を重ね合わせていたのでしょう。一つの「いのち」が私の凍りついたたましいを溶かしました。もっといえば、止揚を見ていると、不思議なことに「言葉や物語」が溢れてきます。それは十六年たった今も変わりません。

彼は教会にも喜んで出席しているので、甲東教会の皆さまには顔なじみだと思います。挨拶が好きで、私のお世話もよくしてくれます。教会の方に「止揚君は偉いね」と褒められるのが大好きで、それが彼にとってのモチベーション、やる気スイッチです。ますます公の場所でお世話をしてくれるでしょう。

高校一年になった止揚は、人の何十倍もかけてゆっくり成長します。彼を成長させる一番大きなものは人の視線です。

止揚は人をよく見て、その仕草を真似ます。その人になりきるわけです。定番は止揚先生が私に言葉（発音）を教えるもの。ときには「こらっ」と叱り、ときには「おー、いいね」と大げさにほめます。そのタイミングが絶妙で、きっと学校でもこんなやりとりがなされていると思うと、面白いですね。最近のヒットは私のコーヒータイムのお手伝いです。吸い口で飲ませてくれるのですが、止揚は慣れたものです。その日は雅代の椅子に座り、新聞をひろげだします。その仕草は雅代の特徴をよくとらえています。そして新聞を読みながら、コーヒーを飲ませるという神業「ながら介助」を試みますが、これはさすがに無理です。けれども私は、コーヒーの香りとともに気持ちも豊かに満たされました。ユーモアのもつ力です。

止揚とのエピソードをもう一つ。

平日は、止揚と二人で雅代の帰りを待ちます。雅代は早くて七時、遅い時には十時を過ぎることもあります。その数時間、私はすべての感覚を張り巡らせて止揚を見守ります。止揚は多くの時間、私の近くでアイパッドを見ていますが、飽きてくると私の視界から消えます。冷蔵庫を開けてゴソゴソ。二階のお兄ちゃんの部屋に入ってはゴソゴソ。そして外に出かけます。

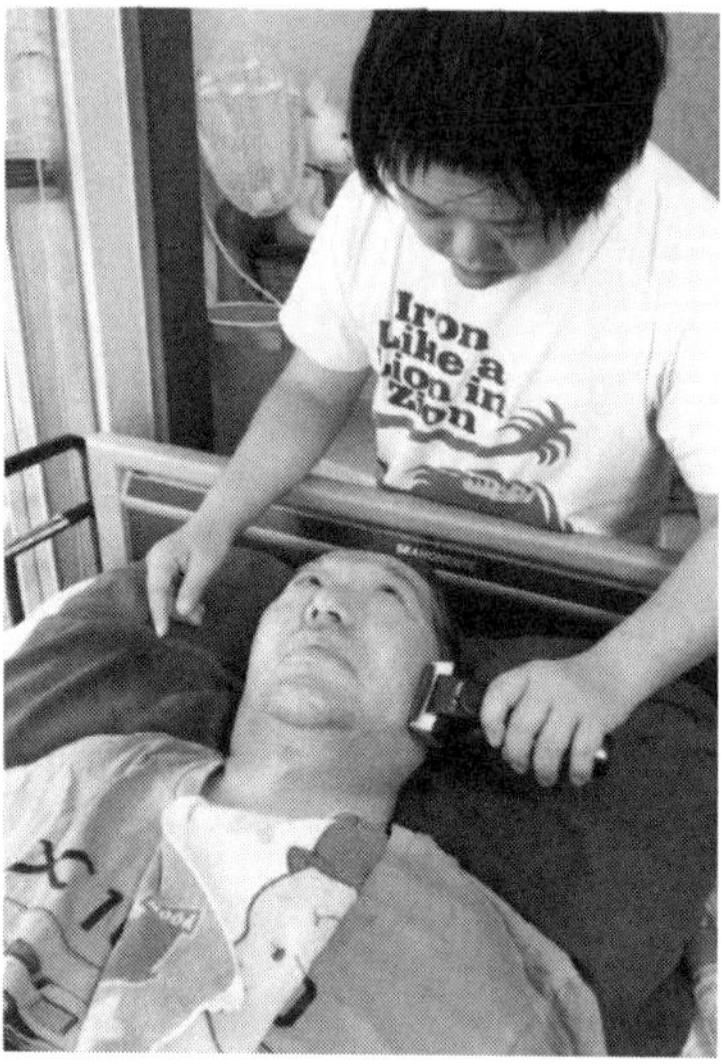

成人した止揚が髭を剃ってくれた

「ママを迎えに行きます」

小学校のころまでは、そのまま行方不明になることもありました。でも、今は安心して言います。

「いってらっしゃい。気をつけて。ママをよろしく」

「まかしとけ」

「ガチャン」

ドアが閉まると、私のレーダーが、外にいる止揚を見守ります。しばらくすると帰って来て、私の視界の中で遊びます。

最近フッと気がついたのは止揚の視線です。それは、おやつを食べすぎたり、コップを割ったりしたときに見せるオドオドしたものではありません。いたずらをする前にこちらの様子をうかがうようなチラリの視線でもありません。

どこかで感じた視線。それは、教会で、家で私の世話を一生懸命しているときのあの眼です。私が止揚を一方的に「見守っている」と思っていました。でも、止揚も私を見守ってくれていました。

「隆君は止揚を実際に守れるの？」

「止揚君は隆を実際に守れるの？」

もちろん、「いいえ」です。物理的な安全を優先すれば私は今この場にいません。ベッドにいて、病人として沈黙していたことでしょう。でも、実際にこうして大勢の人たちと会ってきました。

さて、私や止揚の見守りは「無意味」で、単なる「夢物語」なのでしょうか。皆さんはどう思いますか。

次男の病

二〇〇五年、小学三年の二男コギトが急性骨髄性白血病にかかりました。教会の皆さんには本当に助けていただきました。ありがとうございました。

子どもの病気に私は完全にノックダウンしました。あらためて何もできない自分を見せつけられたからです。自分の病気よりもはるかに苦しくて、つらいものです。子どもの苦しむ姿ばかりが脳裏をかすめました。すぐに泣きだしてしまうので、私は人を避けるようになりました。

退院したコギトと無邪気な止揚

教会にさえ行くことを拒む私を、雅代は「日曜には教会に行くの。当たり前よ」と連れ出しました。教会でも何度も泣きました。動けない私は隠れることも涙をぬぐうこともできません。どんなに泣いても、教会には通いました。教会が私たちの日常のスタートであり、原点でもあるからです。そして教会には、自分の涙さえぬぐえない弱いものを温かく包む空気があります。

コギトは姉の骨髄の移植を受けて、奇跡的に後遺症もなく、寛解しました。今は夢多き大学生です。半年に及ぶつらい闘病中、コギトは雅代の「必ず治る」という言葉を信じて疑いませんでした。死ぬことばかり考えて、もがいていた私とは対照的です。コギトが見せる笑顔が私たちに力を与えました。

コギトは医療技術の発展で治りました。でも、それだけでは説明できない何かがありました。コギトの生きようとする力は、何人もの同じ病気の子どもを見てきた医師にとっても印象に残ったそうです。

私がコギトにできたことは、無菌室のガラス越しに見守ることと祈ることだけです。ときには見守ることさえつらくて、逃げ出したくなることもありましたが、雅代は私を狭い観察室（？）に連れて行き、言いました。「あなたは何もしなくていいの。ただいるだけで、コギトの力になる」と。

人は無力だけれども

数年前の正月に九十歳になる父が、「最近になって見るものがみんなピカピカ輝いて見える。一日一日が当たり前じゃなくて」と話していました。お酒も入っています。横で聞いていた母が父の話の腰を折ります。きっと同じ話を幾度となく聞かされているのでしょう。そういえば私も聞いた覚えがあります。

ところが、その日の父は言うのです。

「僕が言いたいのは、これが隆の生きている世界じゃないか、って、ふと思いついた。いい世界だ」

ほろ酔いの父からの思わぬ一言に周りが戸惑いました。父は園芸が趣味で、毎日、庭仕事を楽しんでいるほど元気です。母に、「動けない隆の世界が私たちにはわかるはずない」と戒められて、話題は明るいお正月にふさわしいものに変えられました。

父の境地はよくわかりませんが、良い世界を私の世界と重ね合わせて見てくれたことに感激しました。両親は私の病気を知って悲しみ苦しみましたが、私の姿を見て、人生が苦しいだけではなくて、輝いていることを感じてくれたのです。

「動けない、話せない、食べられない」の私の生活、世界は確かに不自由だし、動けて、話せて、食べられる生活、世界とはあまりにも距離があるように考えます。でも、実際はそれほど違いません。

人は無力です。たとえ健康に恵まれても、能力や財産があったとしても、生きているなかで息もつけないほどの無力さに何度となく出合います。特に神さまの前では動ける、動けない、話せる、話せないは、関係ありません。みな等しく無力であるけれども、神さまは一人ひとり、特別に名前を呼んで愛してくださっています。

私は教会に育てられました。そして、皆さんと共に生きています。

悲しみも喜びも

私がときどきエレベーターで上がる教会の二階に、二枚の写真が掛けられています。一つは四十周年、もう一つは六十周年の記念の集合写真です。どちらにも私の姿があります。四十周年の時は大学一年生の若々しい姿で写っています。その表情には微塵の影もなく、気持ちは明るい将来に向いていました。そして六十周年の時、三十九歳の姿には影があります。難病のALSが私の身体を蝕み、心までズタズタに切り裂いていました。キリスト者として、病気に負けず強くありたいと思いますが、理想どおりにはいきません。外見はひょうひょうと病気を受け入れていましたが、一皮むけば嵐の中にいました。

余命五年と告知されてから、消えそうな命の火をにらみつけながら、日記には、「《泣きたいのに泣けない》一度泣き出したら涙が止まらない気がするから。《祈りたいけども祈れない》神さまが怖いから」と記しています。

そして七十周年を迎えるにあたり、わずか十年という年月ですが、多くの出来事がありました。

二〇〇〇年夏に三男の止揚が生まれました。ダウン症というハンディをもっていますが、私は彼とのふれあいを通して、もう一度自分を見つめ直す力を与えられました。止揚との生活を見回すと、見慣れた日常の風景ですが、まばゆいばかりに輝いていました。神さまの恵みはすぐ近くにある、この「福音」を伝えたいという衝動に突き動かされて、『神様がくれた弱さとほほえみ』（いのちのことば社、二〇〇四年）を出版しました。

本をきっかけにして私の世界は拡がり、講演や執筆にと嬉しい多忙な生活が始まりました。何となく晴れがましい気持ちがさめない翌年の二〇〇五年、次男コギトが白血病になりました。家族の生活は一変。生死をさまようなか、必死に看病をする雅代は、病室では特に明るくふるまい、子どもを励まし続けたのに比べて、私は崩れました。安定剤を飲まないといけないほど、子どもの病気に呑み込まれていきました。

そんなとき、私は教会に行くことを渋りました。泣き崩れても、自分の手で涙一つぬぐうことも、その場から逃げ出すことさえできない私は、皆さんの前に立つことが恥ずかしかったのです。でも、雅代は私を教会に連れて行きました。そのことがどんなに私たちに力を与えたことでしょうか。

コギトは姉の骨髄移植を受けて、副作用もなく四年目を迎えますが、単なる過去の出来事にはならず、時折生々しく家族の会話に出てきます。私はこうして文字に起こそうとするだけで、当時を思い出し、ドキドキして涙が頬をつたいます。

それからコギトが退院した直後から、長女佳奈、長男光が、楽しいはずの学校生活でつまずき始めます。思春期の揺れはだれにでもあるものですが、揺れ具合が予想をはるかに超えていました。親が近づこうとしてもハリネズミのように針を立てます。毎週のように学校から呼び出され、対応に翻弄される雅代を見ながら、父親として何ができるかを毎日問い続けました。

二〇〇九年に入り、二人はそれぞれ新しい道を歩みだすと、長い間の呪縛から解放されて、素直で活き活きと生活し始めました。

今振り返ると、この十年は、よくここまで荒波が次々に押し寄せてきたものだ……と、あきれるばかりです。荒波にもまれるたびに、動けない、話せない、無力な自分にぶち当たります。普通ならば病気を恨み、わが身に絶望し、坂道を転げ落ちるところですが、それでも私は、今の自分に神さまの恵みが溢れていることを実感できます。そして、いつも教会の皆さんの祈りに支えられていることを感謝しています。

神さまにゆだねきるということ

「神さまは耐えられない試練は与えられない」のように、人生を後押しする聖句はたくさんあります。それでも人生に限界を感じて生きづらさを抱え込んだりして、一歩前に進むことができずに立ちすくむ不条理なこともあります。

私にとっての不条理はＡＬＳという神経難病です。十万人に三人の珍しい病気。二十五年前の病気告知の中で、医者から全身麻痺、話せない、食べられない、呼吸困難などの症状に加えて余命五年が告げられます。

三十七歳の当時は三人の子どもに恵まれ、天職と思える福祉の仕事も充実していました。そこに突然の暗転。一見したところ外見は変わっておらず、通勤電車から見える風景も仕事も何もかも日常は変わりませんが、私の心の中は大きく変わりました。自分をどうにか保っていたタガが緩み、病人、悲劇の主人公が頭を持ち上げてきます。突然、涙が溢れ出てきたり、不安に襲われたりしました。誇りにしていた仕事を辞める口惜しさとともに、これから立ち向かう病、自分の未来に不安しかありません。

皮肉なことに、震える私と同じ空間で幼い子どもたちが無邪気に遊びます。「明」と「暗」が日常生活というキャンバスで混ざり合います。

それから私は闘病記を読みふけり、患者会に連絡してALS患者や家族に会いに行きました。まだ動けるうちにあれもこれもと動き回ります。一種の興奮状態で、余命五年のタイムリミットを立派なキリスト者として生きるドラマの主人公になりきっていました。でも現実は一瞬で主人公を舞台から引きずり下ろします。昨日は当たり前にできたことができなくなります。日記には「○月×日　お箸が持てなくなる。○月×日　牛肉を喉につめて救急車で運ばれる。車の運転をあきらめ、歩くこと、話すこと等々、あきらめの連続」とあります。連続する喪失体験はつらいものです。

萎縮するのは筋肉だけではありません。自分のすべて、過去の楽しい思い出もかえって重荷になります。心やたましいを含めた自分が萎縮して溶けていきます。それは自分が崩れていく、価値がなくなる体験でした。ひたひたと近づいてくる五年のリミット、日々味わう無力感。確かに信仰は絶望からは救ってくれました。でも、喜びや恵みは実感できません。どう表現したらいいのでしょうか。

キリスト者として明るくふるまう一方、ひとりになると深い闇の中でブルブル震えていました。このときの自分の姿について日記には、「《泣きたいのに泣けない》一度泣き出したら涙が止まらない気がするから。《祈りたいけども祈れない》神さまが怖いから」とあります。

このときは神さまの御前に立てませんでした。祈りたい、叫びたいことは山のようにあります。その多くは神さまへの抗議です。「いつ、どんな罪を犯しましたか」病気が罪や罰とは無関係なことは百も承知しています。それでも行き場のない怒りはまた自分を突き刺します。私は孤独なヨブでした。

ここまでが私のネガティブな体験です。大なり小なりこのような経験はだれにでもあるかもしれません。映画や小説の世界でも私たちの涙腺を緩めるのは、このような不条理な体験です。でも泣いているだけでよいのでしょうか。

そんな苦しいなかで、三男止揚が生まれました。三人のやんちゃ盛りの姉兄は、まるでおもちゃのように止揚を奪い合います。いい迷惑です。でも、止揚は泣くことも動くこともなく、されるがままです。止揚には、ダウン症という先天的な障がいがありました。私は知らぬ間に、寝てばかりの止揚に吸い込まれるように見入っていました。きっと無力な自分の姿を重ねて見ていたと思います。優しい良い寝顔です。ひとかけらの不安もありません。止揚は人の何倍もかけてゆっくり成長します。

忙しそうに遊び回る姉兄についていけないときは、不安定な私の膝を指定席にして遊びます。機嫌の良いときはまだしも、退屈しのぎに私の指で遊び始めると赤信号です。そのうちに引っかいたりつねったり、そしてガブリ。「アウー（イタッ）」普段では聞かない叫びに駆けつけた家族は、まさか止揚が無抵抗な父の指を嚙むとは想定外。千両役者は膝の上でしらを切ります。こんな些細な出来事が私の身の周りで毎日起こります。日常に散りばめられた宝石に気がついたころから、私の何かが変わり始めました。

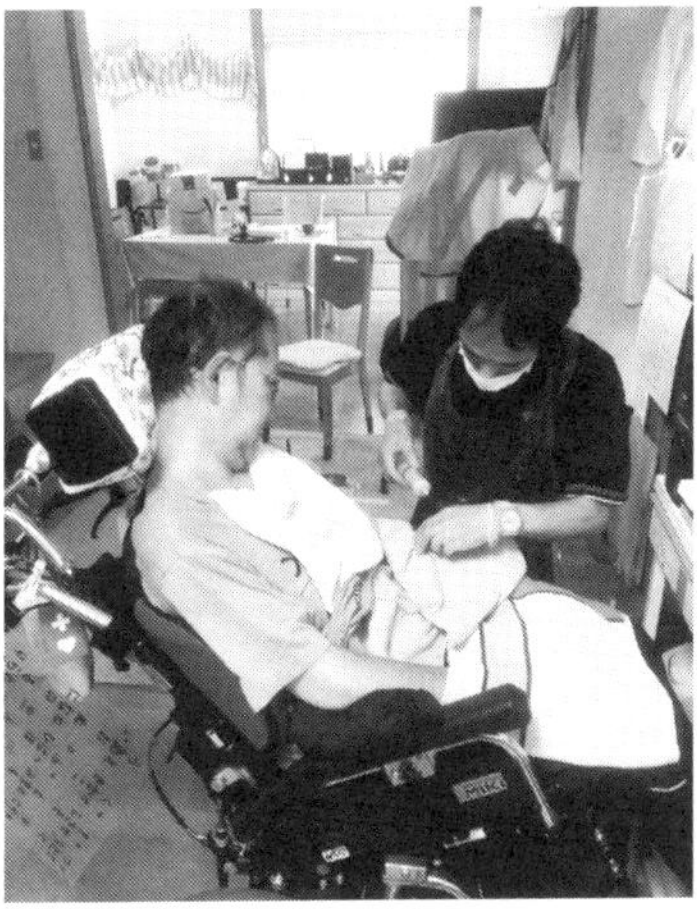

胃ろうから栄養を補給する

必死にしがみついていた自分自身（理性や経験）を手放して周囲を見渡すと、豊かな世界、現実が広がります。私が抗うことをやめると、神さまが近づき、私を支えてくださったのです。

それから二十年……私を病人扱いしない様々な方との出会いがありました。この出会いから生きる勇気をどれほど与えられたことか。私は身体がほとんど動かず、食べられないので胃ろうから栄養を入れ、話せないので文字盤や意思伝達装置でコミュニケーションをとります。今では週三十名のケアスタッフが私の生活を、教会をはじめ多くの信仰の友の祈りがたましいを支えてくれます。

十字架につけられたイエスも、「エロイ、エロイ、レマ、サバクタニ」（「わが神、わが神、どうしてわたしをお見捨てになったのですか」）と悲痛な叫びをあげました。でもそれは、やがて神への揺るぎない信頼へと続きます。大切なことはただ一つ、自分を神さまにゆだねきる信仰さえあれば、不条理を前に立ちすくむことはないということです。

Ⅳ　子どもの豊かさ

本章の「ウェルカム・ベイビー」はＫＳＫ障害者問題総合誌『そよ風のように街に出よう』五一号（一九八四年八月発行）に、「当たり前のたいせつを実感」は、聖隷福祉事業団の『こうせいえんだより』二七号（一九九四年五月二十日）に、「名人の目」は長野県私立幼稚園協会編『おさなご』の「新春『子育てエッセイ』集」（一九九八年一月）に掲載されたものです。

ウェルカム・ベイビー

最近、厚生省は高齢社会を目前にして、「Welcome Baby」というキャンペーンを積極的に推進しています。老人と赤ちゃんという一見無関係な問題が、「年金」という経済的、社会秩序の中では結びついています。役人には、赤ちゃん一人ひとりが納税者に見えるのではないでしょうか。明治維新の「富国強兵」という経済優先の考えから全く脱却していないことに愕然とします。

腹が立つのは、「さあ、子どもを産みましょう」と政府が言えば、「はい、わかりました」と素直に従うと思われていることです。子育て環境が悪いことは、みんな知っています。居住環境、保育所の少なさ等、今の日本の社会状態では「WELCOME」と迎えることに躊躇します。厚生省に代表される「点」でしか見ない視点の狭さ、そして「理念、哲学」のなさに思いを馳せます。

しかし、厚生省や行政の「つぎはぎ」施策のみを批判しても仕方がありません。私たち福祉現場も行政に頼った態度をもっています。「補助金をくれ」と訴えています。「同じ穴のむじな」です。欠けているのは、福祉の声や必要を一般市民に訴え、幅広い人とネットワークをつくり、市民運動に広げることです。

一昔前までは「福祉」は市民と無関係か、「募金」などのあわれみ、同情というものに訴える必要がありました。今は違います。環境問題（水、空気）と福祉は関係があります。エコ・システムという、地球を一つの家と考え、大きな視野の中で人間を、福祉を、生活を考える発想が最近注目されています。みんなが互いに手をつなぐことの大切さをやさしい言葉で、存在をかけた重い言葉で訴えることの重要性を見失っていました。

幼い、いまだ言葉を覚えていない娘の時代に、福祉や障がい者が死語になったとき、心から「ウェルカム・ベイビー」と言えるのではないでしょうか。

当たり前のたいせつを実感
——育児休暇に寄せて——

女性は仕事をもちながらも、多くの場合は家事や育児をします。仕事をするうえでも夫の協力がなくてはできないのが実態です。どんなにその女性が仕事に対して誇りをもち、また能力があっても、です。育児は特に女性の責任でされています。子どもの定期検診や予防接種も一〇〇%、お母さんが来ています。私が行くと注目もされるし、育児休暇中ということを知ると、「まあ偉いわね」とほめられるのですが、それは「変な男性」というレッテルとまったく同じ意味です。バギーを押しながら昼に公園に行くと、若い奥さまがわが子を遊ばせながら楽しそうに話しています。それを横目に歩くことには照れがあります。

自分の中に育児ということが自然になっていないで、「男性は仕事、女性は育児、家事」というステレオタイプ的な価値観が深く根を下ろしています。泣く子どもをあやす。

育児休暇を取って（1994.8）

二歳の子どもと遊ぶ。部屋を綺麗にする。こうした日常の何気ない行為よりも仕事をするほうが価値のあるという意識があるのでしょう。それはそうです。レンジの周りの油を必死になって取っても、風呂釜を洗っても、だれも気がつかず過ぎていき、育児もこの当たり前の連続、積み重ねなのです。

でも、考えてみてください。ごみはいつのまにかなくなり、花も季節になったら咲く。時間になれば食事が出され、お皿も綺麗になっていく。トイレも綺麗で使いやすい。汚れた服も綺麗になっている。それは当然なのですが、それをしている人がいます。ただ黙々となされ、一見すれば簡単そうな、そしてだれでもできるということで、社会的には低い評価、あるいはほとんど評価されないで行われている無数の仕事（学者はシャドーワーク〔影の仕事〕と言っています）があります。

あるとき、バギーを押しながら、犬の散歩をしていました。犬はいつものように糞をして、私はバギーを安全な所に移動して、糞を取りました。同じ道沿いに幾つかの糞が落ちていたので、ついでに取っていると、通りがかりのお年寄りが来て、丁寧に「ありがとうございます」と礼を言って去って行かれました。別にその近くに住んでいる人ではないのでしょうが、私の何気ない行為に対して「感謝」という人の気持ちが報酬として与えられました。

日常の中にある無数の当たり前の行為に私たちは鈍感になり、その大切さを感じなくなっているのではないでしょうか。できて当然の家事、育児に膨大な自分の時間を費やしている人に偉大さを感じます。

見直してもよいのではありませんか。自分たちの生活の周辺を忘れていませんか。ありがとうの一言を。

名人の目

似顔絵の名人がいた

お祭りに行ったとき、「似顔絵」の名人がいた。記念だからと親が子どもに頼んでモデルになってもらった。名人は器用に素早く線を編んでいく。五歳と三歳の子どもは生まれて初めてのモデル体験に緊張している。ただ無愛想に名人をまっすぐにらめつけている。

「おい、おい。そんなに怖い顔をするなよ。もうちょっとかわいい顔をしてよ」

とモデルに注文すると、

「いいの、いいの。そのままで」

名人は、子どもがじっとしているのが最も苦手だということを十分に承知していると見えて、あくびとかゴソゴソと動いたりすることにはまったく気を留めないで、ひたすら姿を写しとっていた。

力が入るのは、モデルを見守るマネージャーの父のほうで、「頼む。もう少し笑ってよ」とか「もう少し我慢して動かないで」などと、モデルよりも必死になっていたようだ。十分後には名人は作品を完成させていた。

「え、もうできたんですか」

名人のあまりの筆の速さに少し頼りなさを感じた。

「ありがとう」

と分別をわきまえてきた姉が礼を言いながら、名人から作品を受け取った。

「へんなの」

大きな声を出す三歳の口を五歳の小さな手がふさいで、ゲラゲラと二人で笑い合った。

「この子は、ウルトラマン以外はみんな変な絵なんです」

と子どもの非礼を詫びると、

「いいの、いいの、子どもは正直で」

周囲から笑い声がもれた。

モデル代の綿がしを嬉しそうに食べて、楽しそうに笑う。

「なんで、今みたいなかわいい笑顔を見せてくれなかったの。怖い顔をしていたよ」

「だって、じっとしているのは面白くないもん」

「そうそう、おもしろくない」
とまた笑い合った。
子どもの興味は違う遊びに移り、名人の作品は鞄の奥にしまわれた。

かけがえのないものを育児から知った

居間の壁に掛けられた「へんな絵」は、確かに「似顔絵」として上手とは言えないが、何となく気になる絵で温かく、姿形はまさにカナちゃんとひかりくん。客も必ずこの絵をほめていく。見るたびになにかしらの発見がある。

ある日、一つのビー玉の所有権をめぐっての争いがあった。そんな喧嘩は日常茶飯事のこと。「おい、喧嘩をやめて早くご飯を食べなさい」なんて、お決まりの言葉ではなかなかおさまらない。ついに、「コラ、イイカゲンにセンカ」と大きな声と怖い声で怒った。ビクッとした二人の凍りついた表情。

そして、厳しく注意している最中、フッと気がついたのは、喧嘩していた二人がいつしか寄り添っていて、手をしっかり握り合っていることである。

「おや、この姿はどこかで見たな」

そう、あの似顔絵の二人がそこにいた。名人をにらみつけるように見る眼。三歳は右手で握りこぶしをつくり、左手は姉の手をにぎりしめている。五歳の右手は弟の手をしっかり握り、左手は服の裾を持っている。

似顔絵のモデルたち（光と佳奈）

だれの助けも求められない、ある状況を姉弟だけで乗り越える力、そして姉弟愛がしっかり芽生えている。いつのまにかこんな力をつけているのかと驚かされると同時に、わずか数分のうちに、この「手」をしっかりと描きとった似顔絵の名人の観察眼に敬意をもった。親の気がつかないうちに子どもはどんどん成長していく。親は子どもの成長をきちんと見ていないことを思い知らされた。

育児とは「子どもの世話をすること」とか「子どもを大きくすること」などと本に書いてあるが、育児にはもっと重たい意味がある。

小さな言葉、表情の中に、人間の大切な「核」のようなものを知らされることが多い。

「ねえ、カナちゃんが泣いているね。どうしたら良いかな」

と三歳に聞くと、真剣に答えていわく、

「うーとね、あのね、涙を拭いてあげたらいいんちゃうかな」

その言葉に私は一種の感動を覚えた。そのときどきの感動を上手に筆にのせることはできないが、ともかく感動したのだ。

育児は、というよりは子どもと過ごす時間は、ある意味でつらい。

私は長男が一歳になるまで育児休暇をもらい、育児、家事を担ったことがある。まだ寝てばかりの子どもの世話、こんなの簡単簡単と高を括っていたのだが、予想に反して忙しかった。育児休暇を利用して、あれもしよう、これもしようと考えていたが、まったくできなかった。

弱い弱い子どもの存在が自分の心を支配し、「ミルクと一緒に自分の時間も吸い取られていく」と当時の日記には記されてある。「孤独感」「育児方法に間違いはないだろうか」情報の洪水の中にあって、常に不安感がつきまとった。

けれども、子どもと過ごした時間を無駄な時間だったと感じることは少なくなった。そして、がむしゃらに前を向いて仕事ばかりしていた人生の中からでは得られない様々なものを知った。大人は「合理的・効率的に物事を処理して、何かの目的のために有効に時間を使うこと」が重要なことであるとされてきた。育児もそれに当てはめると、どうなるか。良い大人……良い大学に入り、良い会社に入り、能力を発揮して……となるために、子どもの時間は有効に使われなくてはならない。子どもは大人になるための一つの段階である。成長はその「大人になるための過程」としてとらえ、社会の様々な事柄を教えることが大切である。――これははたして本当だろうか。

「いいの、いいの、そのままで」

五歳と三歳の子どもに、月に何通かのダイレクトメールが送られてくるが、決まって教育産業からで、「今から始まる受験勉強」などという見出しで親の不安を巧みに利用する。

今でも休みの時、一日子どもと遊んで過ごすと、「あーぁ、今日は何もできなかったな」と一日の無駄を悔やむように溜め息をつくことがある。子どもとの遊びを無駄としかとらえられない自分を恥じ入ることがある。

「何もできなかった、しなかった」のではない。夢中になって子どもと遊び、時間を共有したではないか。子どものころに味わった豊潤な時間の味わいを、大人になってからも味わうことができたのではないか。道端に転がっている石ころがハンバーグになり、人形を相手に一生懸命に話しかけて世話をしている子どもの姿を「無意味」と感じるしかない親だとしたら、子ども、親にとってこれほど悲しいことはない。

子どもは一つの成長過程ではない。それだけで十分な存在である。あまりにも「大人」の理屈からかけ離れた輝きをもっているから、大人にとっては「うとましい」のかもしれない。

まず、子どもの豊かさから学ぶべきである。そして、子どもの成長をじっくり見据えることも大切である。

ありのままの姿。これを見るのは難しい。ついつい力が入り、親の色めがねで見てしまう。こうあってほしい、という親の願いが出てくる。「頼む。もう少し笑ってよ」とモデルについついつい注文をつけたように、「頼む。勉強してくれ」なんて。

名人のように、「いいの、いいの、そのままで」と言いながら、子どもの豊かさをしっかり見つめ、共感し、それを育てる目、心の大切さを、今でも壁に貼ってある似顔絵は教えてくれている。

繰り返すが、私は子どもへの教育を無駄とは思わない。また、適切な子どもへの注意やときには手を出してでも教えないといけないこともあるだろう。でもそのときに、子どもの瞳に映っている自分の姿も冷静になって見ることが大切である。「親が正しいのだ。親は強いのだ。子どもは教えないといけないのだ」なんて思い上がった目や態度では、育児はただの大変なことになり、「生意気」な子どもとの戦いの場になってしまう。

今でも思う。名人にもう一度どこかの祭りで出会ったなら、今度は親の私も描いてもらいたい。さて、どんなポーズをとるのやら。どんな姿を写してくれるのだろうか。

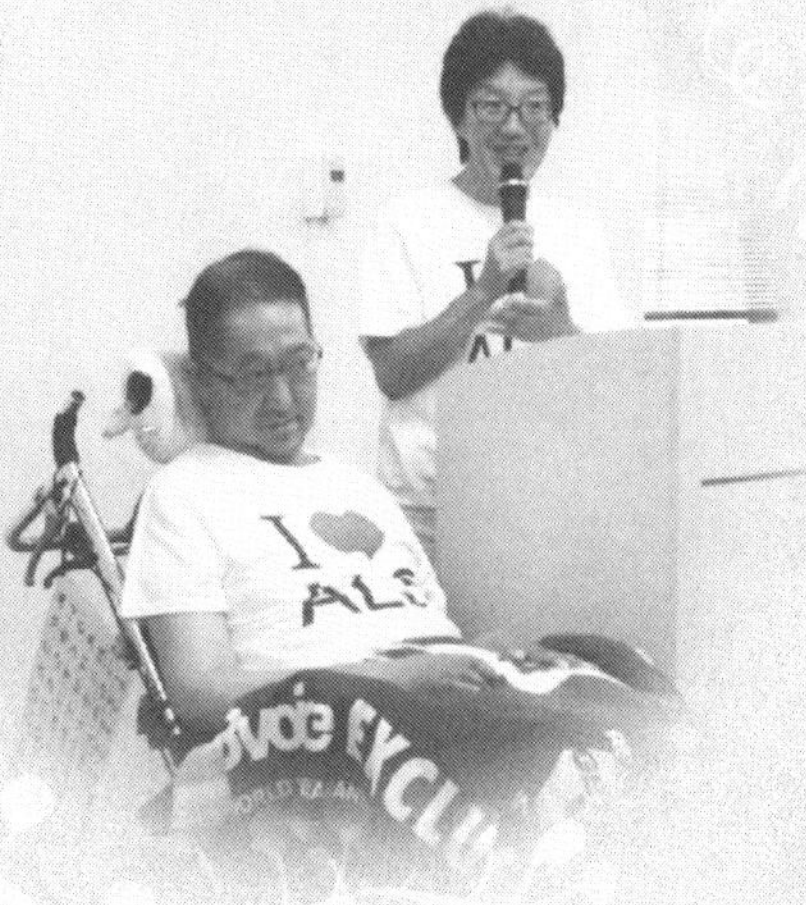

V　生き抜いた西村隆へ

本章の「一つのベッド」は宮本雅代が「第三回子育て甲子園（にしのみや）エッセー賞」（一九九九年）に応募したものです（ホームラン賞）。「家族が笑顔でいられるために」は、二〇一七年七月二十三日、三宮コンベンションセンターで開かれた日本ホスピス財団ケア研究会主催「神戸フォーラム２０１７」の分科会で宮本雅代が講演したものです。

「西村隆さん　葬送式 説教」は、二〇二二年八月九日、日本キリスト教団甲東教会で行われた葬儀において新堀真之牧師がお話しくださったものです。

一つのベッド

宮本 雅代

わが家の居間には、その場にあまり似つかわしくないベッドが、大きな顔をしていすわっている。七歳の長女を筆頭にして、五歳と二歳の三人の子どもたちはこのベッドが大好きで、あるときはウルトラマンの基地になったり、大型バスになったり、プールになったりと、大人の思いつかない世界がそこに繰り広げられる。遊びだけではない。叱られて泣くときも、不思議にみなベッドへ逃げ込んでは思う存分、涙する。

実はこのベッドは、進行性の難病〝筋委縮性側索硬化症（ＡＬＳ）〟に罹病した夫の療養のために準備したものだが、今のところ主役を子どもに譲っている。しかし、いつかは必ず夫がこの小さなベッドに横たわり、全身が麻卑し、人工呼吸器のお世話になることがわかっている。

振り返れば九年前、夫は結婚当初から私の仕事を応援してくれた。子どもが産まれると、

夫の発病後１年。３人の元気な子どもたちと（1998.11.1）

育児や家事を分担したし、二番目の子どもができたときには、十か月の育児休暇を取ったほどである。「育児をしない男性を父親と呼ばない」というコピーからすれば、彼は父親の中の父親といえる。

すべては順調に運び、平凡ではあるが、日々の生活に限りない幸福感と充実感を覚えていた。そんな生活を一変させた夫の病気も、最初は些細な指先のしびれ程度だったが、約二年の間に病気は容赦なく進行し、今では歩く・話す・食べる等すべての生活場面で、かなりのハンディをもつようになった。

彼の心中察するにあまりあるが、家事・育児・仕事に加えて「夫の介護」が私一人の肩に重くのしかかってきた。夫に手を貸す時間が長くなるにつれ、三人の子どもたちは母親の愛情を奪い合うかのように私にいろいろ要求する。朝起きてくるなり、「抱っこして〜」、出かける準備をすると、「あれ取って、これ取って〜」、出かけたら出かけたで、「あれして、これ買って〜」。

しかも、こちらが息つく暇なく家事に追われているときに、いっそう子どもは私に要求する。一生懸命作った食事でも、子どもは好き嫌いをして、おまけにふざけながら食べる。一人が椅子から離れると、三人ともいつのまにか遊びの世界に行ってしまう。忘れられた食卓に残った私の必死の作品を見るたびに、「なぜ私だけがこんなしんどい思いをしなければならないの」と自分だけのことを考えていた。

そんな毎日の繰り返しに、「感情的になってはいけない、もっと余裕をもたないと」と、いくら自分に言い聞かせても、車の両輪の片方が折れてしまい、私の気持ちのバランスはややもすれば崩れそうになりそうだった。

本当は夫のほうが、どれだけ毎日必死の思いで生きているのか測り知れないのに、心の余裕がなくなると、同じ屋根の下で生活している者にさえ目を配ることができなくなってしまう。たとえば食事。子どもも私も三十分もすれば「ごちそうさま」になるが、夫は、咀嚼《そしゃく》も困難になってきており、九十分はかかってしまう。この時間の差が、知らない間に気持ちの差になってしまう。

北海道への家族旅行（1999.4.30）

そんな日々を変えてくれる、ちょっとした出来事があった。今年のゴールデンウィークに、北海道の知人を訪ねる家族旅行をした。夫にとっては初めての車椅子での旅でもあった。大自然の雄大さに触れ、子どもたちも、それぞれの感性で多くのものを心に焼きつけてくれた。それはたとえば道端に群生するふきのとうの美しさであったり、どこまでも広がる空や放牧されている牛であったり……。皆で大空に向かって歌うときもあれば、ただじーっといつまでもあきないで牛を眺めているときもある、ゆったりとした旅だった。

ところが、私は短い間だったが、日常の疲れが堰《せき》を切ったように出て、とてもしんどくなってしまった。体が重たく、子どものはしゃぐ声が頭に響いた。そんな母親の不調を敏感に感じ取った子どもたちは、父親の介護を積極的に担ってくれた。なんと驚いたことに、私よりも上手によく配慮して車椅子を押してくれるのだ。ちょっとした段差、道路の溝等素早く見つけて、うまく迂回して安全に進んでゆく。そう、車椅子は力ばかりで押すのではない。乗っている人の気持ちになって、心で押すものだ、という当然のことを三人の子どもたちが教えてくれた。いつのまにか子どもたちは父親のハンディを、そして気持ちを理解し、心を合わせることができるようになったのだろう。その感動で、私の気持ちは嘘のように軽くなった。

父親が病気や障がいと正面から向き合い必死に生きている姿は、たとえ体力的に子どもを抱いたり、一緒に走ったりできなくても、存在そのもので生きることの素晴らしさを教えている。夫の身体の衰えにばかり気を取られて、すっかり見落としていた。子どもの成長を。私が台所で家事をしていると、必ず手伝いに集まって来たではないか。父親の手の届かない所に手を伸ばし、あれこれ運んで来たり、薬を口に含ませてくれたりするではないか。そのときの真剣で優しいまなざしは子どもだけがもつ輝きだ。

介護も育児も、私だけでするものではない。子ども同士も助け合っている。周囲の人たちも見守ってくれている。自然体でありのまま、心を通じ合わせてゆけば、それで十分ではないか。私はそれまで、居間にあるベッドの存在と、彼が近い将来たどるだろう残酷な運命とをダブらせて見てしまい、そこに置かれていることが重荷だった。しかし今、私もそのベッドで、ときどき疲れた身体と心を休ませることができるようになった。私もこのベッドが好きになっていたようだ。

家族が笑顔でいられるために

宮本 雅代

はじめまして。西村隆のパートナーの宮本雅代です。仕事は公務員です。真面目を絵に描いたような人間……とはだれも思っていませんが、三十五年間も公務員をしていると、やはり今マスコミをにぎわせている官僚の発言のように、肝心なことをぼかしたり、のらりくらりと話したり、横道にもそれず、かといって直球でもなく、面白い話をする自信がありません。

今日、隆、雅代、三男の止揚はおそろいのシャツを着ていて、まるでキャンディーズ、いえ、これは古すぎ、まるでパフュームみたいです。

このシャツは、ＡＬＳの患者会のレジェンドの橋本みさおさんが制作しました。大きな文字で「Ｉ♥ＡＬＳ」と書かれています。一般的にはハートの後ろには「ニューヨーク」とか「タイガース」などの愛されるものが続きます。

でも、みさおさんはあえて、人生を根本から変えた病気、ＡＬＳを愛すべきものとしました。みさおさんは三十一歳で発病、まだほとんどの患者が病院での生活を余儀なくされていた時代の中を、支援者とともに、在宅で人工呼吸器をつけて生活できる、世界でも珍しい環境を整えた立役者です。まさに「闘う患者」です。

このシャツの背中には、みさおさんの愛犬ポンちゃんがプリントされています。私は五月の患者会でこのシャツに一目ぼれ。橋本さんへの敬意を込めて着てきました。

いのちと向き合う

今日お集まりの皆さんとは、お互い様々な経験を経て、大なり小なり死と向き合う病とともに生きていることに不思議なご縁を感じます。その死と向き合う病が、がんであり、ＡＬＳです。ＡＬＳについては、先ほど聞いていただいたので、概要はおわかりいただけたと思います。

病気の容態は違いますが、本人とそして家族を含む多くの周囲の方の心の持ち方が、生きるうえで重要な要素になります。そんなテーマを家族の立場でお話しできたらと思います。

私たちのルール

初めに、わが家のルールといいますか、パートナーと私の暗黙の了解事をお話しします。皆さんのご家庭にも、何かルールはあるでしょうか。食事中はテレビを見ないとか、旦那さんは給料を全部家に入れて、お小遣いしかもらえないとか、それぞれの家族に何かしらのルールがあるように、わが家にも結婚当時から変わらぬルールがあります。細かいことを挙げると、きりがないので、大きなところを。

まず、夫婦別姓で生活していること。私の本名は、というと芸能人みたいですが、西村雅代です。でも、普段一日の大半は宮本で過ごしています。これは私が独身時代から仕事を続けており、私の旧姓の宮本が一定根づいていたためです。そのおかげで昔からの友人も職場の皆も、そして今日も宮本さんで通じます。西村さんの奥さん、西村君のお母さん、という肩書きはかなり限られた範囲での使われ方です。こうして二十五年以上が経過したので、別姓使用は、私が私であり続ける大きな柱となりました。ひとことで言うと、我が強いということでしょうか。

また、お互いを名前で呼び合っていること。これもお互いが個々で確立して生きていくうえで大きな柱となりました。お父さんでもなく、あなたでもなく、主人と嫁でもなく、私たちは西村隆と宮本雅代です。残念なことに、今は隆が私の名前を、声を出して言うことはなくなりましたが、目で呼んでくれています。

家族が病気とどう向き合うか

なぜこんなことを話すのかというと、がんや難病のような死と向き合う病や不治の病になった場合、家族が本人と一緒に病に呑み込まれてしまったり、心身の不調から家族自身も病に陥ったりすることがあるからです。家族が一心同体といえば美しく聞こえますが、同一化してしまうと共依存のような関係になり、本人のしんどさを「あ〜、かわいそうに」と一緒に抱え込んだり、罪責感を覚えてしまったりします。また、反対に、「介護する私はこんなにしんどいのよ」と自分のことを主張するあまり、本人の本当のつらさに目を向けることができなくなったりもします。これは家族という病と言えるかもしれません。たとえば、病気の告知の時はどうだったでしょうか。共に病名を正しく知り、その病気に冷静に向き合えたでしょうか。

わが家の場合、医師は初めに私にALSの病名を告げました。そして、「ご主人に告知しましょうか」と尋ねてきました。「本人のお気持ちを考え、告知しないでおくこともできますよ」という計らいです。今から二十年前のことですが、ALSの場合、治療方法が確立していないため、告知をしないことがあるという状況は今も変わっていません。

私の父に対するつらい体験

そしてもう一つの体験ですが、その時よりさらに前、今から二十五年以上前、私の父は肺がんで亡くなりました。そのとき医師が「お父さんに病名は告知しません」と決めていて、亡くなるまでの約一年間、私は父にウソをつき通して看病にあたりました。本人は、医師から言われた病名を信じ、指示されたとおりに養生していましたが、いっこうに良くならず、「なんでだろう、なんでだろう」と私に疑問を投げかけてきました。私は曖昧に答えて、逃げることしかできませんでした。そして、父は、私が医師から説明を受けたとおり、痩せ細り、食べられなくなって意識が薄くなっていきました。

今はインフォームドコンセントが一般化していますし、二人に一人ががんになる時代になり、がんは治る病気になりつつありますから、隠し通すことはなくなってきました。そういう状況でもあり、病気がわかったときには、家族が病気の中心になることは望ましいことではありません。「医者がこう言っているから、こう処置しましょう」と家族が勝手に決めたり、「この病気にはこんな民間療法が効くんと違うかな」と患者に良かれと思って、決断をしたり、「私がするから、あんたはじっとしとき」と言って、患者の行動を止めたりとかいうのは、ALSの家族にもありがちなことです。けれども、病気との付き合い方はあくまでも患者が主体です。患者がどうしたいかを聞くことが必要なのです。

決して突き放すわけではありませんでしたが、結婚以来ずっと持ち続けていた「私は私」「隆は隆」の態度でALSに対しても臨んできました。隆の決断を最大限尊重し、それに従ってきました。結果、隆の在宅での介護については社会資源をフルに活用することにしました。体裁も見栄もありません。実際活用しないと、生活が成り立たなかったのです。

今、「介護離職」、親や配偶者の介護のために仕事を辞める方が少なからずおられます。でも、介護には介護のプロがいます。もちろん、絶対数は不足しているし、家に他人の目や手が入ることに抵抗を感じる人もいます。仮に介護の費用がかかっても、働き手は仕事を続けながら、家族と対応するほうが、長い目で見るとお互いのためにも正解だと私は思っています。

そのことは、いま福祉の仕事をしているので、より強く感じます。窓口で市民からのご相談を聞く機会がありますが、実際家族の介護のために仕事を辞めた方、年齢は私よりも若い方がたくさんおられます。その方たちは、親や配偶者の亡き後、心身喪失状態で社会への復帰が困難になることもあります。どれだけ深く愛し、愛されていたかを話しながら、「死」を受け入れられずに苦しんでいる方も少なくありません。

これは日本の社会の損失です。私自身は仕事を辞めなくても続けられる環境があったのは幸運でしたが、これから社会の働き手が少なくなることが考えられますから、それこそ社会で働き方改革を進めていかなければならないと思います。

さて、わが家の話に戻りますと、隆は病のため仕事を辞め、在宅で療養生活を始めました。私が自分の生活スタイルを変えなかったので、自分の生活をプロにゆだねることにしました。といっても、病気の進行につれ、身体のバランスが少し崩れるたびに車椅子の角度の微妙な調節が必要になりました。一時期、隆も介助者もどうすれば昼間ひとりでも安心して過ごすことができるか困惑してしまいました。

そのとき、隆が「やっぱり患者のことは家族でないとわからない」とか、「他人にお世話になるよりも、家族にずっとそばにいてほしい」といった気持ちになったらどうか、と思いました。家族といえども、微妙な介護の方法に悩むことになりますし、そのため気持ちのうえで患者と距離が生まれることもあるでしょう。

それとともに、他者が入らなくなれば、病気や障がいのある人をヘルプする介護の担い手が育たなくなるということもあります。実際、隆は忍耐強く介護を受け、介護者を育てきました。介護の実習生もたくさん来ていただいています。コミュニケーションが取りにくく、ミリ単位の介護が要求されるＡＬＳの介護ができるようになれば、一人前の介護者になります。そして、患者、家族の立場からすれば、少しでも多くの方に病気のことを正しく知っていただくことが、介護の社会化の実現につながると考えました。それが患者の務めであると考えたのです。

私はというと、プロの方からコツを教えていただき、家族のプライベートな時間に少しですが、活かしています。ベッドの移乗の仕方や、車椅子の介助等、できることは積極的に行っています。この生活のやり方が私たち家族のルールになっています。

プロの目が入ること、家族が病を抱え込まないこと。そのおかげか、隆は発病時余命五年と言われながら、もう二十年たちました。長期の入院もせず、在宅で過ごせています。

会う人会う人に「元気そうねえ」とおほめの言葉をいただきます。私も白髪としわは増えつつありますが、快食、快眠、快便で過ごしています。核家族が当たり前となり、単身の方も珍しくないこの時代、同居している家族でも、別居している家族でも、家族自身が元気でいなければ、患者にはマイナスです。

今日、介護をしている家族の方がおられたら、思いっきり自分の生活を楽しむことだと思います。笑って、泣いて、心を潤してください。患者さんは、家族が笑っている姿に元気づけられるからです。

わが家の子どもたち

次に、子どもとの体験をお話しします。

子どもは四人いますが、子育てはやはり大変です。子育てについて話しだすと、きりがありません。四人のうち三番目の子どもは二十歳になりますが、九歳の時に小児がんになりました。十一年前ですね。小児がんといえば、白血病が有名ですが、息子もそうでした。大人のがんと同じように、治療法が進歩してきて、寛解になる可能性は高くなりました。

一般的に子どもにはリンパ性が多いのですが、うちの子は骨髄性でした。今日小児がんの治療法は基本的には大人と同じく、抗がん剤を用いた化学療法で、悪い細胞を殺していくものです。それを何回か繰り返し、悪い細胞が出なくなったら、寛解といって治癒したことになります。

ところが、うちの子の場合、検査の結果、骨髄の細胞そのものが遺伝子の段階で変異して、正常な血液が作れなくなる骨髄異型性症候群というタイプだったことがわかりました。悪い細胞を殺しても、いたちごっこのように、また悪い細胞が出てきてしまうのです。化学治療は有効でなく、骨髄移植しか抜本的な治療法はないということでした。

治療の過程をお話しするのは今日の本題とは違うので飛ばしますが、このときに私が驚いたのは、病気について医師からしっかりとした説明があり、それに対して子どもは九歳で、まだまだ小さかったのに、自分の病気をきっちり受けとめて理解したことでした。インフォームドコンセントが確立していることに感心しました。

先ほど話したように、私の父の時にとてもつらい思いをしただけに、医療者と本人そして家族が共通の認識をもって病気に向き合うことができることに安心したのを憶えています。

そして、入院初日から多くのスタッフが関わってくださいました。病院では、保育士さん、学生ボランティア、院内学級の先生が入れ代わり立ち代わり子どもの相手をしてくださいました。病棟の看護師長さんは　私があまりにもバタバタしているのを見かねたのか、「仕事と家のこと、頑張っているのね。仕事を辞めなくてもいいから、くれぐれも無理をしないでね」と応援してくださいました。

私の友人はゲリラ部隊のようにわが家に来て、食事を運び、冷蔵庫をいっぱいにしてくれました。土日には、下の子を交代で見てくれました。半年間このような日々を過ごしましたが、子どもは姉から骨髄移植を受けて、無事退院することができました。

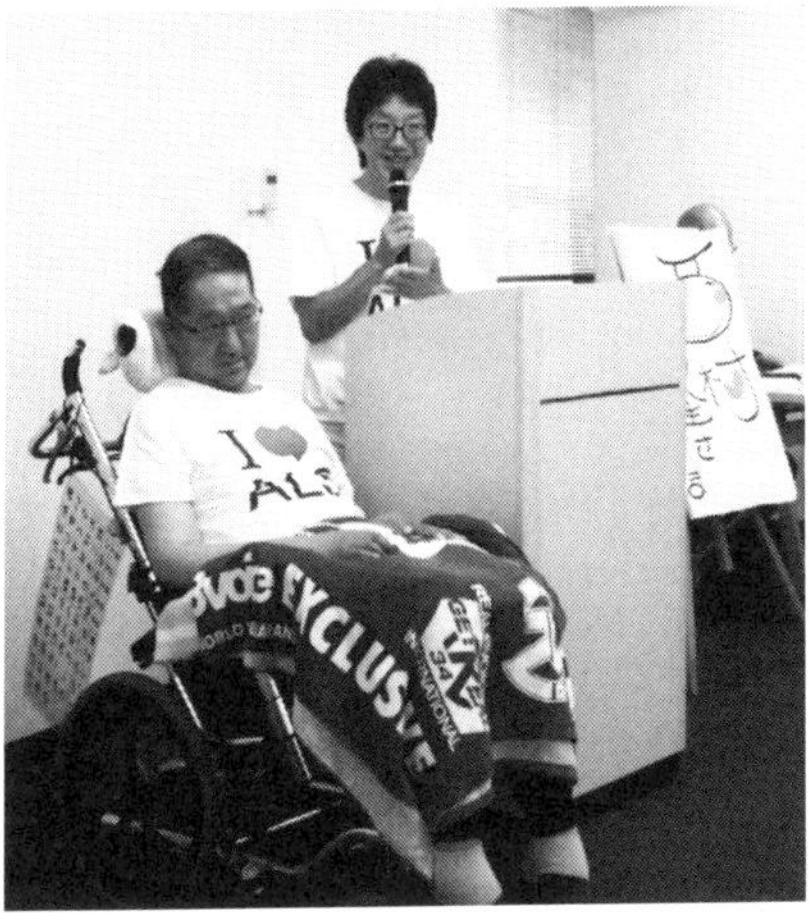

なぜこんなわが家の話をするかといえば、今日お集まりの患者の方、あるいは家族の方に知っていただきたいことがあるからです。病気を負った人も家族も決して孤独ではないということを、です。

隆の病気の時も、子どもの病気の時も、初めは「なぜ自分だけが、なぜ自分の家族が……」と運命を嘆きました。これは当然のことかもしれません。周囲の人たちに何か慰めの言葉を言ってもらっても、嘆きの中では空しく響くだけです。でも、ここで心に壁を作ってしまっては前に進むことはできません。しんどい時、つらい時に、上手に自分のその気持ちをさらけ出しましょう。きっとだれかがそれを受けとめてくれます。そして、道は必ず見えてきます。

開かれた道にたどり着くために、暗く長いトンネルを抜けなければならないとしても、必ず出口はあります。それをフォローしてくれるのが周囲の人たちの見守りであり、声かけ、応援のエールです。私は友人の助けに心から感謝しています。

ご家族の方はぜひ家族会のような集まりに出かけ、悩みを共有したり、愚痴を聞いてもらったりしてください。私もALSの会や小児がんの子どもを守る会や、知的障がい児の家族の会に参加して、元気をいただいています。今日の進行役の宮本直治さんも、がん患者会「ゆずりは」を主宰しておられますが、隆は毎月「ゆずりは」の芦屋会場、あしゆ亭に参加しています。

生きていくこと

これまでお話ししたように、隆も子どもも自分の病気を理解し、それに抗うことなく今に至っています。生活介助が中心の隆の病気と、濃厚な入院治療中心の子どもの病気とで、家族として取るスタイルはかなり違いました。でも、皆、自分に与えられた運命に溺れることなく、自分のもつタレント（能力＝生きる力）を信じて生きています。病気もその人の個性です。私は家族として身近にいて、この病を受けた者の個性が、普通に生活している者とは比較にならないほど豊かなものであると実感しています。

最後に私なりに生きていくこととは、どんなことかということをまとめてみたいと思います。

人生はやはりしんどいものなのかもしれません。でも、今から七十年も前に、『婦人之友』の創設者の羽仁もと子さんが若者たちに、「私はおもしろいから生きています」というメッセージを送っています。いくつになっても、どんな状況下であっても、私も人生をそう思えるようになりたいと思っています。皆さまがこれからも良き人生を歩まれることを祈って、今日の拙い話を終わります。

ご静聴ありがとうございました。

西村隆さん　葬送式 説教

日本キリスト教団甲東教会牧師　新堀真之

「キリストの愛がわたしたちを駆り立てているからです。」
（コリントの信徒への手紙Ⅱ五章一四節）

八月六日（土）の夜、西村隆さんが旅立っていかれました。その出来事・その知らせは、本当に突然のことでありました。

召される六日前、七月三十一日（日）も隆さんはいつものように、雅代さんとともにこの場で礼拝に出席しておられましたし、礼拝後に開催された協議会にも残って出席してくださいました。さらにその後は、ご家族で旅行に行っておられたともうかがっています。

雅代さんからの突然のお電話を受けて、隆さんが搬送された病院に私がうかがったのは、日付が変わった八月七日（日）午前一時過ぎだったでしょうか。静まり返った病院の一室で、ご家族の皆さんは、目の前で起こっている出来事を懸命に理解しようとしておられるかのようにも見えました。

一つの大きな別れというものがときとしてこんなかたちで訪れるものなのかと、私自身も感じているところです。今はただ、すべてを神さまにおゆだねするほかはありません。

「メメント・モリ」

しかしもう一方で、こうも思います。「ご自分の死に直面する」ということ、それは、当の隆さんからすれば、決して唐突なことではなかったのかもしれない、と。今から九年前（二〇一三年）に出版された『住めば都の不自由なしあわせ——沈黙から生まれる豊かな対話の中で』には、隆さんの次のような言葉が収められているからです。

「あと五年の命、三十七歳の私は、五年後の四十二歳の自分の死から逆算して生活を始めました。」

「五年という数字をめぐって理性と感性がぶつかり合い、火花をちらします。

私は数字の持つ不思議な力に押しつぶされていました。全身に絡みつく五年を刻む数字が、心の視野を狭くします。『自分が死ぬ』以外への関心が薄れました。」

（四四―四五頁）

これは、隆さんがＡＬＳの診断を受けた二十五年前のご自分の心境を思い起こしながら綴られた文章です。

学生時代、隆さんが座右の銘としておられたのは、「メメント・モリ（あなたの死を覚えよ）」という言葉であったといいます。病の診断以来、この言葉は「劇薬に変わった」と隆さんは書いておられます。つまりは「その時点＝二十五年前の時点」から、隆さんは「ご自分の死」という現実に、絶えず向き合い続けてこられたのです。

けれども、さらに言えば、そうした死という出来事・現実は、隆さんをそのまま恐れの中に閉じ込めることにはならなかったようです。その後、大学で新たに「死生学」を学び、「人間の死」という出来事に真正面から向き合い続けることとなった隆さん。その隆さんが書かれた文章に、死というものを決して「恐れ」としてだけで捉えない、ましてや、すべての関係の断絶などとは捉えない、豊かであたたかい向き合い方があふれていることを知るからです。

十八年前（二〇〇四年）に出版された『神様がくれた弱さとほほえみ』の中で、隆さん

永眠者追悼礼拝に出席して（2020.11.1）

はこうも語っておられます。

「死の意味から豊かさも学べた。」（九〇頁）

「生きていることが、生きていくことが、どんなに素晴らしいことか。いつも身近にある死から自分の今を考えると、またまったく違う風景が見えてきます。

『お父さん、ご飯だよ』

真剣勝負の始まりです。」（一五〇頁）

本当にすごい言葉だと、つくづく思わされます。自分の死に向き合うということ。死を通して、自分が生きている「今」を見つめ直そうとすること。それは人間にとって、「豊かさを学ぶことのできる機会」であり、「生きることの素晴らしさを教えてくれることなのだ」と、隆さんは語っておられます。

ならば、その隆さんの思いを、しっかりと受けとめつつ、私たちもまた、西村隆さんと出会うことができたこと／隆さんと一緒に生きることができたことの「豊かさ」と「素晴らしさ」とを、この場でもう一度思い起こしたいと心から願うのです。

一つの聖句

さて本日は、「家族葬」というかたちで葬送式が行われています。今、配信を通して出席をしてくださっている方々も、隆さんとの深いつながりをもっておられる方々ばかりでしょう。

1 この甲東教会、特に教会学校での出会いを通して、ご自分の原点をつくられたお若き日。

2 関西学院大学神学部での学びを経て、神戸聖隷福祉事業団に入り、「クリスチャン・ワーカー」として福祉の現場での働きをなさった時代。

3 もともと哲学に興味をもっていた隆さんが、病とともに生きるなかで、ご自分の思索の道をさらに深めていかれた一九九七年以降。

今、この場を共にしてくださっている方々は、隆さんの歩みの各ステージに深く関わられた方々ばかりでしょう。ですから、本日・この場では、隆さんが歩まれた足跡を一つずつ詳細に振り返るということはいたしません。そうではなく、この場では、「一人の信仰者」として、四十五年の月日を刻んだ隆さんが愛された「聖書の御言葉」に触れることを通して、あらためて隆さんに思いを馳せていきたいと思うのです。

今から二年前のことです。この教会に着任して間もない新米牧師である私に、隆さん・雅代さんのお二人は、「私のプロフィール」と題した文書を手渡してくださいました。その中で、隆さんが「私の好きな聖句」として知らせてくださったのが、先ほどお読みしたコリントの信徒への手紙Ⅱ五章一四節だったのです。

「キリストの愛が私たちを取り囲んでいるからです。」

代筆された雅代さんの字で、この御言葉が書かれていました。プロフィールをいただいたその時点においては、「この言葉の意味」について、深く心に留めることはありませんでした。けれども、一昨日・八月七日（日）未明、病院の一室で、お祈りをする前にこの

「愛誦聖句」をお読みしたとき、ふと「あれ、何かが違うな……」という違和感が湧き上がってきたのです。なぜかと言いますと、そのとき私が手にしていた『新共同訳聖書』では、この部分は次のように表されていたからです。

「キリストの愛がわたしたちを駆り立てているからです。」

あれ、隆さんが選んでいた言葉とは、何かが違う。読み上げながら気づきました。「取り囲んでいる」か。それとも、「駆り立てている」か。そんなことにあまりこだわる必要はなかったのかもしれません。けれども、高校二年生の時に受洗されて以来、四十五年間、信仰の道を歩み続けてこられた隆さんが、たった一つだけ選んだ聖書の言葉なのですから、そこに意味がないはずはありません。

この二日間、いろいろと調べてみますと、「キリストの愛が私たちを取り囲んでいる」というのは、『新改訳聖書』の言葉であることがわかりました。さらに、他のいくつかの訳を見比べてみると、この部分は次のように訳されていました。

1　聖書協会共同訳「キリストの愛が私たちを捕らえて離さないのです。」

２　岩波訳聖書「キリストの愛が、私たちを、しっかりと捕らえている。」
３　田川建三訳聖書「キリストの愛が我々をしっかりとつかまえているので」

それは本当に、僅かな表現の違いと言えるかもしれません。けれども、これらの表現・訳のほうが、より隆さんの思いに近いのではないだろうかと思いました。なぜなら、今日のプログラムに掲載した「隆さんご自身の言葉」と響き合うからです。『神様がくれた弱さとほほえみ』に、隆さんは書いておられます。

「ただ一つだけの確信。
その中心にイエスがいて、切れることのない糸で結ばれている確信。
私は投げ出されることはありません。
闇の中にも、自分の中にも。」（一四三頁）

たとえどんな困難な状況に置かれたとしても、自分は「キリストの愛」に切れることなくつなげられた存在である。決して闇の中に放り出されることはない。それが、隆さんの信仰であったのです。

隆さんはよく、「絶対他者依存」という言葉を好んで語られたといいます。その「根本」にあったのは、「イエスが私をしっかりと捕まえ、取り囲み、つかんで離さないでいてくれている」、「決して切れることのない糸に、私はしっかりと、確かに結びつけられている」という確信・信頼・安心感にこそあったでしょう。その意味で「他者」とは、まずもって「イエスのこと」を表していたのではないでしょうか。

「私たち」──「共に」ということ

さらに言えば、この聖句の豊かさは、「私たち」という言葉にも表れているともいえるでしょう。

「キリストの愛が私たちを取り囲んでいるからです。」

「私を取り囲んでいる」ではないのです。あくまで「We＝私たち」なのです。このことについても、「隆さんご自身の言葉」に聴くほうがよいでしょう。

「無駄なものが削ぎ落されて、はだかになったたましいが感じたものは、人のぬくもり、共にいる幸せ。
私の幸せ、ありえない。あるのは、私たちの幸せ。私のいのちが、パッとはじけて、ひろがりました。
共にあるいのち。共にいる喜び。そして
イエスと共に。」（同書、一七〇頁）

病の中で、そして死という現実に向き合うなかで、西村隆さんの歩みを支え続けてきたもの。それは、自分は決してひとりではなく、「イエスと、そして他者と〈共にある存在である〉」という確信にこそあったのでしょう。「いのち」は、「共にある」ことによって広がり、より一層の輝きを放つ。そこに生きることの喜びがあるということを、隆さんは教えてくれているのです。

いつまでも残る

最後に、この葬送式のためにご家族が選んでくださったもう一つの聖書の箇所をお読みして終わりましょう。

「愛は決して滅びない。……それゆえ、信仰と、希望と、愛、この三つは、いつまでも残る。その中で最も大いなるものは、愛である。」

（コリントの信徒への手紙Ｉ一三章八、一三節）

今、この場にあって「聴くべき言葉」が、ここにあると言えるでしょう。

隆さんが私たちに示し、手渡してくださった信仰・希望・愛は、決して消え去ることはない。それどころか、これからも私たちの中に幾度となく立ち現れ、一人ひとりを支え、包み込んでくれることでしょう。

どうかそのような思いを抱きながら、「一人の信仰者・西村隆さん」と、これからも共に歩んでまいりましょう。

結びにかえて

西村隆が生を受けて六十二年、私とともに人生を歩んで三十二年、ＡＬＳを発症して二十五年。「数字は魔物」と本人は記していましたが、この年月がとても長かったようであり、あっという間だったようでもあります。その中で、「いのちのことば社」とのご縁は、二〇〇四年の『神様がくれた弱さとほほえみ』、二〇一三年の『住めば都の不自由なしあわせ』と、二十年近くにわたっています。ちょうど昨年、隆がいろいろな場所で講演をしたときの講演録を中心に新しい文章も交え、出版をしましょう、と声をかけていただき、本人も前向きに取り組んでいました。ところが予想だにしなかった隆の急逝で、周囲は気持ちの整理をすることで精いっぱいでした。

そんな落ち着かない日々を送っていた時期に、スタイルを変えて「遺稿集」という意味合いも含めて出版しましょう、と再度提案をいただきました。それなら、講演だけでなく、西村隆を築き上げた若かりし日の文章も入れたいとあれこれリクエストをし、編集作業に取りかかっていただきました。そのうえ欲張って、私の拙文まで入れていただき感謝しています。

奇しくも、私の文章に登場したALS患者のレジェンド橋本みさおさんが隆の死後三日後（隆の葬送式の日）に旅立たれたと知り、不死身伝説が崩れた……と一瞬言葉を失いましたが、二人が蒔いた幸せの種はこの世に確実に芽を出して、これからも語り継がれることでしょう。今ごろ、天国で自由に闊歩し、饒舌なお喋りで私たちを見守ってくれているに違いありません。

最後に、いつも私たちを支え、今回も序文を書いてくださった関西学院大学人間福祉学部教授の藤井美和先生、二十年間にわたり隆の出版に携わってくださった長沢さん、隆の同窓でいつも素敵な装丁とレイアウトを手掛けてくださる長尾さん、隆の葬送式のメッセージを寄稿してくださった新堀牧師、そのほか、今まで隆のいのちを支えてくださったすべての方に感謝申し上げます。

二〇二三年三月

宮本　雅代

神さまと人の愛に包まれて

2023年5月24日 発行

著　者　西村　隆
編著者　宮本雅代
印刷製本　日本ハイコム株式会社
発　行　いのちのことば社
〒164-0001 東京都中野区中野2-1-5
電話 03-5341-6922（編集）
03-5341-6920（営業）
FAX03-5341-6921
e-mail:support@wlpm.or.jp
http://www.wlpm.or.jp/

ISBN 978-4-264-04433-8